小学館文庫

人情江戸飛脚　雪の別れ

坂岡　真

小学館

目次

浮き寝鳥

一

冬至の朝、江戸に初雪が降った。

「どうりで、からだの芯《しん》まで冷えやがる」

影聞きの伝次は荒縄を左手にぶらさげ、京橋の北端を歩いていた。

右手で頬を押さえて欄干に近づき、怪しげな眼差《まなざ》しを左右に送る。

寒さのせいか、行き交う人影も少ない。

川風が裾を掠《さら》い、雪片を踊らせながら吹きぬけてゆく。

「今朝は一段と疼《うず》きやがるぜ」

右頬が、おたふくのように腫《は》れていた。

虫歯なのだ。

奥歯が疼きはじめて、もう半月になる。我慢も限界だった。

どうにか痛みをごまかしてきたが、鬱々とした気分を募らせる。

鉛色の空は川に溶けて流れ、つがいの鴛鴦《おしどり》がじっと汀《みぎわ》に浮かんでいた。

岸辺に目を落とせば、つがいの鴛鴦がじっと汀に浮かんでいた。

「死んでるみてえだな」

そうおもった途端、二羽の鴛鴦は濡《ぬ》れた羽をばたつかせ、川面《かわも》をすいすい泳ぎだす。

「ふん、生きてやがる。仲の良いこった」

伝次は玉葱《たまねぎ》に似た擬宝珠《ぎぼし》を撫《な》でまわし、荒縄をぐるぐる巻きつけた。

「こうなりゃ、神頼みしかねえ」

奥歯の疼きが治まるなら、何だってやる。

――ちりん、ちりん。

ふと、耳慣れた鈴の音が聞こえてきた。

黒渋塗りの葛籠《つづら》を担いだ町飛脚が「えっさ、ほいさ」と近づいてくる。

「けっ、兎屋《うさぎや》のまゆげか」

脚絆《きゃはん》で固めた足を止めたのは、太い一本眉の若い衆だ。

「おい、どぶ鼠《ねずみ》、そこで何やってる」

「うるせえ」

「おほ、怒りやがった。ひょっとして、擬宝珠に願掛けかい」

「そうだよ、歯痛封じのな」

面倒臭そうに応じると、まゆげは「ぷっ」と吹きだした。

「何が可笑《おか》しい」

「京橋の擬宝珠に縄あ巻いても、歯痛封じの御利益にゃ与《あずか》れねえぜ」

それは頭痛治しの験《げん》担ぎだと教えられ、伝次の顔は川の色と同じになった。

「京橋じゃねえってことは、日本橋の擬宝珠か」

「ばっかだなあ、おめえは。日本橋はガキの百日咳《ぜき》だよ。歯痛封じの願掛けなら、芝の鯖稲荷《さばいなり》にきまってんだろうが」

「おっと、そうだった」

「もっとも、その腫れ具合じゃ、御利益は期待できそうにねえな」

「どうすりゃいい」

「口中医《こうちゅうい》に行きな」

「歯医者か」

「ああ。うちの親方が馴染《なじ》みにしてる先生を教えてやろうか」

「けっ、浮世之介《うきよのすけ》の狢仲間《むじな》なら、どうせ藪《やぶ》だろうが」

「どっこい、治療の腕は折り紙付きよ。なにせ、長崎帰《げ》えりだ」

「ふん、浮世之介に聞いたのか」

「てめえ、親方の名を気易《きやす》く呼ぶんじゃねえぞ。いいか、親方は美味《うめ》えもんに目がねえ。美味えもんを噛《か》むにゃ、丈夫な歯が要るかんな、歯の手入れにゃ人一倍気を遣っていなさるのさ。ほかは知らねえが、歯医者だけは外さねえ」

「どうだか」

とは言ってみたものの、納得できるはなしではある。

「その先生、やっとこを持たせたら右に出る者がねえって評判だぜ」

「やっとこってのは何だ」

「知らねえのかい。だったら、自分の目で確かめてみるんだな。先生の名を教えてほしいか」

「おう、頼まあ」

「じゃ、教え料」

まゆげは間髪《かんはつ》を容れず、手の平を差しだした。

波銭を弾《はじ》いてやると、不満げに鼻を鳴らす。

「小粒を出しやがれ。そしたら、行く先も教えてやらあ」

「せこい野郎だぜ」

「こそこそ貯《た》めてやがるんだろう。浮気な女房の尻を追っかけ、亭主に告げ口すりゃよ、けっこうな稼ぎになるってじゃねえか。ふん、影聞きってな、師走《しわす》の節季候《せきぞろ》といっしょだな。三日やったらやめられねえ」

「んにゃろ、おれさまを物乞いあつかいしやがって」

「泥棒よりゃましだろうが。おめえがへっつい直しのこそ泥だったってことは、百も承知なんだぜ」

「そのあたりで黙らねえと、舌を引っこ抜くぞ」

「短気な鼠め。さっさと一朱出しな」

「くそったれ」

背に腹は代えられず、伝次は方形の小粒を指で弾いた。

まゆげは小粒を宙でつかみ、にゅっと白い歯をみせる。

「池野唐舟《いけのとうしゅう》、そいつが口中医の名だ。浜町河岸の栄橋を渡ったさきに行きゃわかる」

「栄橋を渡ったさき……なるほど、山伏《やまぶし》の井戸か」

「ご名答」

山伏の井戸といえば、歯痛に効くと評判の名水だ。

伝次はさっそく、その場から立ち去ろうとした。

「おい、待ちやがれ」

「何だよ」

「荒縄を解いてから行きな。ほら、擬宝珠さんが窮屈そうじゃねえか」

「余計なお世話だ。てめえが縄を解きやがれ」

「他人様《ひとさま》の手を煩《わずら》わせたら、災いが降りかかるぜ」

「かまやしねえ。歯痛を超える災いなんぞ、この世にゃねえさ」

「勝手にしやがれ」

まゆげは葛籠《ふく》を担ぎなおし、鉄砲玉のように橋を駆けぬけていく。

伝次は膨れ面で歩みより、擬宝珠の荒縄を解きはじめた。

二

浜町河岸は、兎屋が店を構えるへっつい河岸と堀川で繋《つな》がっている。

伝次はまゆげに教わったとおり、栄橋を渡って久松町の目抜きどおりを抜け、山伏の井戸へ向かった。

どんつきの辻番小屋《つじばん》を右手に曲がり、まっすぐ三町ばかりすすむ。右手には越前《えちぜん》勝山藩の上屋敷があり、左手には旗本屋敷が並んでいる。旗本屋敷の棟門が途切れた狭間《はざま》に、棟割長屋の木戸がぽっかり口を開けていた。

以前は、この地に二千石取りの旗本屋敷が建っていたらしい。高利貸しの源兵衛という男が家作を担保に大金を貸し、旗本は借りた金を返済できぬまま、役目上の理由で家名断絶の憂き目をこうむった。源兵衛は手に入れた家作を潰して更地にし、五棟建ての棟割長屋を建てたのだ。

今の家主《いえぬし》は三代目、同じ源兵衛の名で、あいかわらず高利貸しを営んでいる。長屋の造作は古ぼけてしまったが、三十世帯余りあるうちの半分は先々代から住みついている店子《たなこ》たちだった。

店子が離れたがらない理由は、山伏の井戸にある。

そもそも、井戸は旗本の敷地内に掘られていたもので、家主の源兵衛もこの井戸水に魅力を感じていた。今では木戸番を兼ねた大家の巳助《みすけ》が、店子以外の来訪者から四文の水銭を取っている。

「けちけちしやがって」

伝次は、渋い顔で水銭を払った。

「賽銭《さいせん》だとおもえば、安いもんだろうが」

巳助は狡賢《ずるがしこ》そうな顔で、ふんと鼻を鳴らす。

刹那、木戸の内に凄《すさ》まじい叫び声が響いた。

「うひぃい……っ」

巳助が笑う。

「へへ、何だとおもう。ありゃ、歯痛野郎だ。おめえもその口かい。尻尾を巻いて逃げるんなら、今のうちだぜ」

「うるせえ」

伝次は恐る恐る木戸を抜け、叫び声のしたほうへ近づいていく。

抜け裏に面した店の軒先に、口と歯だけが描かれた看板がぶらさがっていた。

「ここだな」

池野唐舟の治療所だ。

「のひぇええ……っ」

またもや、この世のものともおもえぬ叫び声が聞こえた。

「めえったな」

巳助が言ったとおり、誰かが藪医者に歯をほじくられているのだ。

伝次は亀のように首を縮め、こっそり踵《くびす》を返しかけた。

「おっと待て、そこにいるのは伝次じゃねえか」

蒼褪《あおざ》めた顔で振りむけば、瓜実顔《うりざね》の三十男が赤ん坊のような顔で笑っている。

団子髷《まげ》に銀簪《ぎんさん》の一本挿し、鼠小紋の派手な丹前を羽織った傾奇者《かぶきもの》は、誰あろう、兎屋の浮世之介にほかならない。

「その腫れた面《つら》あ、どうしたい。さては虫歯か」

「へへ、てえしたことはありやせん」

「そうはみえねえ。なにせ、唐舟先生を訪ねてくるくれえだ」

「親方んとこの若い衆に教えてもらったんすよ」

「ほう、そうかい」

「親方も歯痛で」

「いいや、ちょいと遊びに寄っただけさ。日に一度はこうして足を運ぶ。何でか知りてえかい」

「ええ、まあ」

「ひとが痛がってんのを眺めるのが、三度の飯より好きなのよ、でへへ」

くそっ、呑太郎《のんたろう》め。

あいかわらず、寝惚《ねぼ》けたことを抜かしてやがる。

伝次は胸の裡《うち》で悪態を吐《つ》き、顔ではぎこちなく笑ってみせた。

「すぐに診てもらったほうがいい。歯痛ってのは放っておけば、とんでもねえことになる。脳味噌《のうみそ》まで腐っちまうからな。そういえば、虫歯の疼きに耐えきれず、腹あ切った侍を知っているぜ」

「親方、脅かさねえでくだせえよ」

「脅かすつもりはねえ。いざってとき逃げださねえようにな、心構えを教えてやってんのさ」

「いざってときって」

「やっとこだよ」

「やっとこってのは何なんです」

「知らねえのか。それじゃ、みてのお楽しみだな。よし、さっそく、唐舟先生を呼んでやろう」

「ちょ、ちょいとお待ちを」

「何だよ」

「やっぱ出直してきやす」

「おっと、そうはさせねえ」

浮世之介はさっと身を寄せ、腰帯をつかんで引っぱった。

伝次は抗《あらが》う術《すべ》もなく、上がり端《ばな》にぺたっと尻餅をつく。

と、そこへ、げっそり窶《やつ》れた中年男が顔を出した。

眸子《まなこ》は虚《うつ》ろで、地獄をみてきた亡者のようだ。

「たまんねえぜ」

逃げだしたい衝動に駆られたが、腰帯には浮世之介の手が掛かっている。

亡者の背後から、唐舟ではなく、前垂れを掛けた細面の年増があらわれた。

「お」

色気がある。

年は二十代のなかば、鼻筋の通った色白美人だが、瞳に力がない。

事情《わけ》ありの女だなと、伝次は察した。

影聞きだけに、そのあたりの勘は鋭い。

「嘉平《かへい》さん、それじゃ明後日《あさって》、かならず診せにいらしてくださいね」

女は冷めた口調で諭し、患者の背中を見送った。

さりげなく伝次をみやり、表情も変えずに会釈する。

ごくっと生唾を呑《の》むと、浮世之介が横から口を挟んだ。

「おみつさんだよ。別嬪《べっぴん》だろう」

「へ、へえ」

口中医の妻女だろうか。それとも、ただの手伝いか。

「伝次、赤くなってどうする」

「な、何を仰《おっしゃ》いやす」

「ほうら、一段と赤くなりやがった。茹《ゆ》で海老《えび》みてえだぞ」

「親方、よしてくれ」

「わかりやすい男だな、おめえも。ま、ともかく、奥に案内してもらいな」

浮世之介が目配せすると、おみつは白い手を差しのべた。

「さ、どうぞこちらへ」

伝次は暗示に掛かったように、ふらっと立ちあがる。

導かれた部屋では、目を背けたくなるような光景が待っていた。

細長い床几《しょうぎ》のうえに血だらけの布がかぶせてあり、陶の平皿には小石のようなものが転がっている。

「げっ、歯じゃねえか」

「そうだよ」

嗄《しわが》れた声とともに、背後から獣臭《けものしゅう》が迫ってきた。

突如、凄まじい力で羽交い締めにされ、伝次は足をばたつかせる。

「うわっ、やめろ」

からだが宙に浮き、床几のうえにどしんと仰向けにされた。

抗う暇も与えられず、伝次は手足を縛りつけられる。

「な、何しゃがんでえ」

髭《ひげ》面の四十男が、真上から覗《のぞ》きこんできた。

唐舟だ。

縦も横もある巨漢が、丸太のような二の腕を近づけてくる。

「うわっ、やめてくれ」

唐舟の前垂れは、どす黒い血に染まっていた。

ずんぐりした指で弄《もてあそ》んでいるのは、鉄製の工具だ。

「待ってくれ、そいつは何だ」

「ん、これか、やっとこだよ」

「そいつでどうする」

「虫歯を抜くのさ、きまってんだろう」

「うわっ、やめてくれ」

「ちょいと荒療治だが、終わってみりゃてえしたことはねえ。抜かねえと後悔すっぞ」

「後生だから、やめてくれ」

「抜けば天国、抜かねば地獄ってな、ぶははは」

唐舟は豪快に嗤《わら》い、好物の鮭《さけ》を与えられた羆《ひぐま》のような面を近づけてくる。

「人殺し、熊野郎、やめてくれ、そいつだけは」

いきなり、口を上下に引っぱられた。

指を突っこまれ、奥歯を摘《つま》まれる。

「これだな」

「い、痛え」

「辛抱せい」

唐舟は、やっとこを指先で器用に廻《まわ》し、口のなかに挿しこんだ。

むぎゅっと、虫歯を挟みつけられる。

「……のはへ、ぬへはへ」

叫ぼうとしても、溢《あふ》れるのは涎《よだれ》だけだ。

「おみつ、しっかり頭を押さえておれ」

「はい」

髷をつかまれ、俎《まないた》の鯉《こい》も同然になる。

「動くんじゃねえ。動けば、痛みは倍になるぞ」

唐舟は床几の縁《へり》に片足を乗せ、船縁で網を引く漁師のような恰好《かっこう》をする。

二の腕に力を込めるや、虫歯がぎりぎり音を立てはじめた。

「ぬげっ、ぐ……ぐひぇええ」

激しい痛みに耐えかね、伝次は全身を口にして叫ぶ。

床几が軋《きし》み、のどぼとけが飛びだしそうになった。

唐舟は少しも慌てず、冷静に言ってのける。

「根が深えな。ちと手強《てごわ》い」

くそったれ、何が長崎帰えりだ。

悪態を吐こうにも、口が利けない。

隣部屋から、浮世之介がやってきた。

「ほほう、こりゃまた、痛そうだな」

さも嬉《うれ》しそうに、戯《おど》けてみせる。

てめえ、ぶっ殺してやろうか。

心ではおもっても、口には出せない。

唐舟が笑った。

「浮世どの、すまぬが、こやつの鼻を摘んでくれ」

「合点承知」

伝次は浮世之介に鼻を摘まれ、口をぱかっと開けた。

「おりゃ……っ」

唐舟は気合いを発し、力任せにやっとこを引きぬく。

すぽんと、小気味よい音が響いた。

口いっぱいに血が溢れ、のどに逆流しはじめる。

「ぶはっ」

伝次は血を噴いた。

からんと、平皿に歯が転がった。

手足の縛《いまし》めが解かれ、上半身を引きおこされる。

おみつが身を寄せ、背中をさすってくれた。

「大丈夫ですよ。さ、これを」

竹筒を口に寄せてくる。

「山伏の井戸水です。口にふくんでくださいな」

言われたとおりにふくみ、くちゅくちゅ口を漱《すす》ぐと、痛みは嘘《うそ》のようにやわらいだ。

「ほうら、な」

唐舟が血の付いた前垂れを外し、自慢げに胸を張る。

浮世之介がにっこり笑い、脇から覗きこんできた。

「伝次、先生が閻魔《えんま》にみえたろう」

「ええ、でも、今は仏様にみえまさあ」

嘘ではない。本心から、そうおもった。

三

浮世之介という男は兎屋の商いを番頭の長兵衛に任せ、日がな一日、ふらふら遊び歩いているらしい。

「ありゃ、生まれついての呑太郎だ。働く気なんざこれっぽっちもねえし、後生楽にふわふわ生きてやがる。空を見上げてみな、ほら、白い雲がぽっかり浮かんでんだろう。あれが浮世之介よ」

伝次は微酔《ほろよ》い加減で、問われるがままに滔々《とうとう》と喋《しゃべ》りつづけた。

ここは薄汚い居酒屋、栄橋を西に渡った駕籠屋新道《かごやじんみち》の露地裏だ。

腹が減って暖簾《のれん》を分けてみたら、窶れ顔の嘉平が片隅で酒を呑んでいた。

「虫歯を抜かれた者同士、仲良くしようぜ。これも何かの縁じゃねえか」

そんなふうにはなしかけ、隣に座って盃《さかずき》をかさねるうちに、くるくる舌がまわりはじめた。

嘉平は相槌《あいづち》専門だが、嫌な顔ひとつしない。

「兎屋の親方ってのは、いってえどんな男だ」

最初にひとこと、難しい顔で質《ただ》しただけだ。

伝次は調子に乗って、講釈師のように喋りつづけた。

「へっつい河岸にぷらりとあらわれたのが八年めえだ。兎屋の先代に気に入られ、いつのまにやら二代目におさまった。元の素姓は侍えらしいが、んなことはどうだっていい。わからねえのは、何であんな野郎が女にもてるかってことだ。なあ、嘉平さんよ、そうはおもわねえか」

「まあな」

「役者なみの色男でもねえし、妙ちきりんな団子髷にかぶいた風体《なり》をしてやがる。ところが、茶屋でも長屋でもやたらにもてるのさ。小粋な年増なんざ、いちころだぜ。もっとも、女だけじゃねえ。男もそばに居てえとおもうらしい。へへ、芳町《よしちょう》の陰間《かげま》だけじゃねえぜ。正真正銘の男どもがよ、あの野郎といっしょに居るだけで癒されるんだと。おめえにわかるかい」

「わからねえなあ」

「だろう。兎屋の番頭も言ってたが、浮世之介のそばに居ると何やらこう、ほんわかしてくるそうだ。番頭の長兵衛に言わせりゃ、そいつが人間の徳ってもんらしいが、おいらはそうはおもわねえ。働きもしねえで遊び呆《ほう》けている野郎が、おいらはでえ嫌えなのさ」

伝次は空の銚子《ちょうし》を握って息巻き、眸子《まなこ》を据わらせる。

「あの野郎の家族かい、十九の女房と小生意気な九つの倅《せがれ》がいる。ただし、ふたりに血の繋がりはねえ。倅の徳松は先妻が産んだ子らしいが、その先妻がどうなっちまったのかは誰も知らねえ。へへ、妙なはなしだろう」

嘉平は相槌を打つ代わりに、すっと盃を呷《あお》った。

酒を呑むたびに、顔色はいっそう蒼褪めてゆくようだ。

伝次はつづけた。

「おちよっていう女房は、ほっぺたのぷくっとした可愛《かわい》い女さ。三年前の師走、稲荷の鳥居のしたで子犬みてえに震えているところを、浮世之介に拾われた。拾われて居座ったあげく、兎屋の女房におさまったってわけ」

居座ったのではなく、ほかに行くところがなかった。道端に捨てられた娘にとってみれば、飛脚屋の内儀になるのは夢のようなはなしだ。が、おちよはふつうとちがっていた。内儀におさまるような器ではなかった。

「涙もろくて惚《ほ》れっぽい性質《たち》でな、自分より若え色男をみつけては蝶《ちょう》みてえに近づき、粉を掛けやがる。どっこい、男とひっついても、遊ばれるか飽きられるかして、すぐに振られちまう。そのたんびに、泣き腫らした目で兎屋に帰えってきてな、ほとぼりが醒《さ》めたらまた、若え男をみつけて居なくなる。その繰りけえしよ。あげくのはては兎屋に居づらくなり、自分から追んでていっちまった。今は玄冶店《げんやだな》で独り暮らし、浮世之介から月の手当てを貰《もら》ってる」

「離縁しねえのかい」

「それがしねえのさ。浮世之介はおちよを、いつまでも放し飼いにしてやがる」

「惚れた弱みってやつか」

「よくわからねえが、あのふたりにゃ何かもっとこう、深えもんがあるような気がしてならねえ」

「深えもの、そいつは何だ」

「だから、わからねえんだよ」

強いて言えば、絆《きずな》のようなものだろうか。

喋っているうちに、おちよのことが羨ましくなってきた。

浮世之介を散々にこきおろしながら、どこかで繋がっていたいと願う自分がいる。

「くそっ、冗談じゃねえ。何であんな野郎が女にもてやがる」

もてない男の僻《ひが》み節、酔えば酔うほど愚痴っぽくなる。

伝次はしきりに、右耳の付け根にできた疣《いぼ》を触った。塩地蔵に祈っても取れずにあきらめた親指大の疣を撫でまわし、酔いにまかせて喋りたおす。

「浮世之介のやつ、若隠居を目論《もくろ》んでやがるんだぜ。不忍池《しのばずのいけ》のそばに終《つい》の棲家《すみか》までこさえてな。狢亭《むじなてい》というのさ。野郎は終日、ごろごろしながら下り酒を呑み、能天気な狢仲間を集めては四方山話《よもやま》に花を咲かせてる。霞《かすみ》を食って生きる仙人も同然よ。そんな暮らしに憧れて、妙な連中が集まってきやがる。おおかた、唐舟もそのひとりさ」

嘉平は聞き飽きたのか、相槌を打とうともしない。

前触れもなく、ぶっと屁《へ》を放った。

伝次は気にせず、へらついた顔で笑いかける。

「ま、浮世之介のはなしは、このくれえにしとこう。つぎは、おいらのはなしだ。へへ、聞いてくれ。影聞きって商売はな、三日やったらやめられねえ。大店《おおだな》の内儀の尻を嗅ぎまわり、悋気《りんき》の強え亭主に間男の素姓を教えてやれば、それだけで一両になるんだぜ」

「あんだと」

「待ってくれ。どぶ鼠のはなしなんざ、聞きたくもねえ」

声を失う伝次の盃に、とくとく酒が注《つ》がれた。

「まあ、呑みねえ。うっかり口を滑らしちまった。影聞きの兄さんよ、呑み代は奢るから機嫌を直してくれ」

「ん、そうかい。謝るんなら許してやろう。ところで、おめえは何やってんだ」

伝次はようやく、相手の素姓を聞いた。

嘉平は仏頂面で酒を舐《な》め、ぼそっとこぼす。

「丸抜き屋の手下」

「丸抜き屋ってのはあれか、店《たな》だての手伝いをする荒くれどものことか」

「まあな」

「ふうん、おめえは荒くれにゃみえねえぜ。でえち、唐舟のところで泣き叫んでいたじゃねえか」

「芝居を打ったのさ」

「嘘を吐くなって」

「嘘じゃねえ」

嘉平は声を張り、乱杭歯《らんぐいば》を剝《む》いた。

「こんな歯の一本や二本、抜かれたところで屁でもねえさ」

「だったら、何で芝居なんぞ打ちやがった」

「おめえ、あの連中の仲間じゃねえのか」

「ちがわい、おいらは一匹狼《おおかみ》の影聞きよ」

「そうかい。なら、教えてやろう。もうすぐ、源兵衛店を丸抜きにする。そのために芝居を打ったのよ」

「ふうん」

伝次は、つまらなそうに応じた。

浜町河岸の一角から襤褸《ぼろ》長屋が消えたとて、痛くも痒《かゆ》くもねえ。

と、胸中に言い聞かせつつも、心にさざなみが立ってくる。

「おいらにゃ関わりのねえはなしだが、するってえとあれか、おめえは荒くれどもの先触れなのか」

「まあな」

「目論見どおり、やれそうかい」

伝次は酒を舐めながら、素知らぬ顔で聞いた。

嘉平は眸子を細め、薄い口の端を吊《つ》りあげる。

「家主の源兵衛と大家の巳助は納得済みだ。あとは芥《ごみ》同然の店子どもだが、唐舟を除けば目処《めど》はつく」

「ほう」

「あの藪医者だけは、ちと骨が折れそうでな。とりあえずはお近づきになって様子を窺《うかが》うことにきめたのよ。疑われねえようにするにゃ、歯を抜かせてやるにかぎる。患者になっちまえば、こっちのもんだ」

嘉平は淡々と語り、注いでやるとすぐに盃を空けた。

「おめえさんは勇気があるぜ。お近づきになるだけのために、よくも歯を……考えただけで震えがくらあ。それにしても、まわりくでえはなしじゃねえか。泣く子も黙る丸抜き屋なら、唐舟ひとりくれえ何とでもなんだろうよ」

「容易じゃねえ」

「何で」

「理由はふたつある。ひとつは、山伏の井戸さ。あの井戸を潰さなくちゃならねえんだ」

「あんだって」

「襤褸長屋を潰し、あの辺り一帯を更地にしたらな、さる御大名の御屋敷を建てるのさ。風水の都合で、井戸を潰さなくちゃならねえ」

山伏の井戸を潰すとなれば、黙っていないのは唐舟や店子たちだけではなかろう。武家もふくめて近隣の住人たちは挙《こぞ》って反対するのではないかと、伝次はおもった。

「そうでもねえ。小金をつかませりゃ、たいていは黙っちまう。水より金さ、ことに貧乏人はな。でも、下手に騒がれたら、金を余計に積まなくちゃならねえ」

「そいつを避けてえわけか」

騒ぎの中心になりそうなのが、店子たちの信頼も厚い唐舟なのだという。

「じゃ、もうひとつの理由ってのは」

聞かれて嘉平は、渋い顔をつくった。

「そっちのほうが厄介でな。おみつって女に関わりがある」

「ほう、どんな」

伝次が膝を乗りだすと、嘉平はふっと鼻で笑った。

「それ以上は言えねえ。おめえさんにゃ関わりのねえはなしだ」

「おいおい、そりゃねえだろう」

お預けを食った犬も同然だ。

「頼むから教えてくれよ」

食いさがっても、嘉平は頑《かたく》なに拒んだ。

「喋れねえんだよ。命が惜しかったら、余計なことは知らねえほうがいい」

「何だよ、そりゃ」

仕舞いには匕首《どす》の利いた声で脅され、伝次の酔いは一気に醒めた。

四

翌朝、雪はすっかり消えた。

宿酔《ふつかよ》いは醒めても、店だての一件が脳裏を離れない。

伝次は住まいのある富沢町から元吉原を突っきり、へっつい河岸の兎屋を訪ねてみた。

案の定、浮世之介は店におらず、番頭の長兵衛が帳場で算盤《そろばん》を弾いている。

「よう、入れ歯の具合はどうだい」

呼ばれて長兵衛は丸眼鏡をずりさげ、迷惑そうな顔をした。

「影聞きが何の用だ」

「最初から喧嘩《けんか》腰かい、茶飲み話くれえさせろっつうの」

「茶なら勝手に淹《い》れな」

「ああ、そうさせてもらうぜ」

伝次は草履を脱いで板間にあがり、奥の勝手場に踏みこんだ。

漬物樽《だる》の脇に一升徳利《どっくり》をみつけ、おもわず手を伸ばす。

「おい、そこの徳利を開けるんじゃねえぞ」

気配を察したかのように、表から声が掛かった。

「ふん、勘の良い番頭だぜ」

伝次はひとりごち、徳利の栓を抜いた。

帳場に戻るなり、長兵衛が上目遣いに睨《にら》みつける。

「野郎、呑みやがったな」

「いいじゃねえか、けちけちすんない」

「満願寺の下り酒だぞ。どぶ鼠が口にできる代物じゃねえ」

「どぶ鼠でわるかったな。ありゃ、親方の酒かい」

「贈り物よ、深川は三角屋敷の軍兵衛《ぐんべえ》って野郎からのな」

「え」

「知ってんのか」

知るも知らぬもない。嘉平の親分にあたる丸抜き屋のことだ。

「何で寄こしたのかもわからねえ。とりあえず預かっておいたのを、どっかの阿呆《あほ》たれが呑んじめえやがった」

「これみよがしに置いとくほうがわりいのさ。それよか、軍兵衛が親方に酒を贈ってきた理由、わかるような気がするぜ」

「聞いてやろう」

「店だてだよ」

　伝次は、嘉平のはなしをしてやった。

「丸抜き屋の狙《ねら》いはひとつさ。親方の機嫌を取って、狢仲間の唐舟を丸めこませよう
って腹にちげえねえ」

「そいつはおめえ、聞き捨てならねえはなしだな」

　長兵衛は口をもごつかせ、入れ歯を吐きだしてみせた。

「おえっ、何しやがる」

「みてみな、柘植《つげ》の歯だぜ。こいつはな、唐舟先生につくってもらったでえじな歯だ。

先生にゃ足を向けて寝られねえ」

「番頭さんよ、ひと肌脱ぐ気かい」

「てめえ、その目は何だ。年寄りに何ができる、とでも言いたげじゃねえか」

「何かできんのか」

「できねえよ」

「やっぱしな」

「どっちにしろ、満願寺は熨斗《のし》をつけて返《け》えさにゃなるめえ」

「親方はどう出るかな」

「どうも出ねえさ」

「けっ、情けねえ。店だてを阻んでやるほどの覇気もなしか」

そうやって、悪態を吐いているところへ、釣り竿《ざお》を担いだ浮世之介が、ひょっこり帰ってきた。

「あ、親方」

「伝次か、歯痛はおさまったかい」

「おかげさんで、飯が美味えっす」

「そうだろう。地獄のあとにゃ極楽があるってことよ」

浮世之介はのどびこをみせて嗤い、ふと黙りこむや、右脚を頭上高く蹴りあげてみせた。

「うわっ、何やってんです」

「驚いたか、へへ、おれが履いてんのは鉄下駄《てつげた》だ。鉄下駄を履いたまま、どこまで脚があがるかってな、文化堂の隠居と賭けをやったのよ。どうでえ、おもしれえはなしだろう」

「え」

どこがおもしろいのか、伝次にはさっぱりわからない。

浮世之介は鉄下駄を脱ぎ、帳場の横を通って奥に消えた。

「ちょっと待ってくれ、賭けはどっちが勝ったんだ」

答は長兵衛が知っていた。

「親方の勝ちさ、きまってんだろう。でえち、賭事で負けたはなしを聞いたことがねえかんな」

浮世之介は銀煙管《ギセル》を口に銜《くわ》え、一升徳利を提げてきた。

「およよ」

長兵衛が狼狽《うろた》える。

「親方、そいつは」

「酒だな」

浮世之介は栓を抜き、徳利の口から直《じか》に呑んだ。

「ぷはあ、こいつは満願寺じゃねえか。長兵衛、貰い物かい」

「へえ、深川は三角屋敷の軍兵衛ってお方から」

「軍兵衛といやあ、丸抜き屋か」

「よくご存じで」

「唐舟先生に聞いた。どうやら、山伏の井戸を潰してえ連中がいるらしい」

「あら」

伝次は肩をすくめ、長兵衛と顔を見合わせた。

「親方もおひとがわりいや。店だての一件、ご存じだったんですかい」

「口の軽い大家が言い触らしたのさ。源兵衛店で知らねえ者はいねえよ」

「だったら、嘉平って野郎のことは」

「誰だい、そいつは」

「昨日、歯を抜かれた野郎ですよ」

「死人みてえな面の」

「ええ、じつはあの野郎、丸抜き屋の手下でしてね、唐舟先生を探っていやがるんで」

「ふうん」

浮世之介は興味もなさそうに煙管を燻《くゆ》らし、茶碗《ちゃわん》酒を呷ってみせる。

「あらあら、呑んじまった」

長兵衛は止めようとして、ごくっと唾を呑みこんだ。

「欲しいのかい、なら、注いでやろう」

「親方、そいつを返えさねえんですか」

「せっかく貰った酒だ。呑んでも罰《ばち》は当たるめえ」

三人は茶碗酒で酒盛りをはじめた。

肴《さかな》は漬かりすぎてしょっぱい沢庵《たくあん》と胡瓜《きゆうり》だ。

浮世之介は楽しそうだが、伝次と長兵衛は酔えない。

業《ごう》を煮やしたように、伝次が口をひらいた。

「親方、このままにしとくんですかい」

「このままって何を」

「店だてでやんすよ」

「ほう、助けてやろうってのか。さすがは情け深え伝次親分だ、店子たちに同情しちまったらしい」

「親方、おいらは同情なんかしてやせんぜ。山伏の井戸を潰されたら、歯痛の連中はたまらねえ。そうおもっただけでさあ」

浮世之介は煙草《タバコ》盆を寄せ、銀煙管の雁首《がんくび》をかつんと縁に叩《たた》きつける。

「どうせ、丸抜き屋に掛けあっても埒《らち》はあかねえよ」

「軍兵衛は荒っぽい仕事を請け負ったにすぎねえ。店だてを請け負わせた御仁が考えをあらためねえかぎり、店子たちはいいようにやられるしかあるめえ」

「どうしてです」

「仰るとおりだ。親方、請け負わせた野郎ってのは誰なんです」

「知るかい」

「唐舟先生もご存じねえので」

「たぶんな」

伝次は首をかしげた。

「軍兵衛の遣《や》り口、ちと慎重すぎやしませんかね。手下の嘉平を先触れに寄こしたり、親方にまで酒を差しいれたり、丸抜き屋ならまわりくでえことはせず、力ずくで店子どもを追いはらえばいいんじゃねえかな」

「そりゃそうだ」

と、長兵衛もうなずく。

「伝次よ、ひょっとしたら、事を大袈裟《おおげさ》にしたくねえ裏事情があるのかもしれねえぞ。たとえば、お上の許しを得てねえとかさ」

「なるほど、山伏の井戸を潰すんなら、お上の許しがいるかもしれねえな」

「店子が騒げば、お上も調べねえわけにもいくめえ。そうさせねえために、事を穏便に済ませようとしてんじゃねえのか」

「そうは烏賊《いか》の何とかだぜ。ねえ、親方」

伝次が同意を求めても、返事はない。

浮世之介は柱にもたれ、すうすう寝息を立てていた。

五

やる気のない浮世之介をみていると、どうにも苛《いら》ついてくる。

「おいらが何とかしてやらねえと」

そんなふうにおもってしまうことが、これまでも何度かあった。

余計なことに首を突っこみ、命を落としかけたことも一度ならずある。

だから、もうぜったいに関わるのはよそうと、いつも心に固く誓うのだが、厄介事から遠ざかろうとすればするほど、からだのなかの虫が疼きだす。

——助けてやれ、貧乏人を助けてやれんのは伝次、おめえしかいねえ。

そんな囁《ささや》きが、耳に聞こえてくるのだ。

「くそっ、金にならねえことはしたくねえんだよ」

と、うそぶきながらも、貧乏長屋に住む店子たちの笑顔を浮かべている。

朝餉《あさげ》の炊煙が立ちのぼるころ、伝次は源兵衛店の様子を窺いにいった。

木戸の内では洟《はな》垂れどもが嬉しそうに走りまわり、目を凝らせば、浮世之介が鳥もちで雀《すずめ》を獲《と》ろうとしていた。

「暢気《のんき》な野郎だぜ」

どぶ板めがけ、ぺっと唾を吐く。

「こら、他人様の戸口に唾を吐くんじゃないよ」

嗄れ声に振りむけば、腰のまがった老婆が睨みつけている。

「す、すまねえ」

伝次は素直に謝った。

「おまえさん、兎屋の親方のお知りあいかい」

「ん、まあな」

「親方は子どもみたいなおひとだね。心に一点の曇りもありゃしない。あたしが若けりゃ惚れちまうところだよ」

「どうしてだ。どうしてあんな、ちゃらっぽこな野郎に惚れちまうんだよ」

「わからないのかい、本物だからさ」

「本物」

「親方は真心のあるおひとさ、あの優しさは本物だよ。それに、なぜか守ってやりたくなる。あたしみたいな婆《ばば》でもね、からだの芯を擽《くすぐ》られるのさ、うひょひょ」

梅干し婆は笑いながら、顔を赤くする。

伝次は、げんなりしてしまった。

下手な問いかけをしたものだ。

「どうかしたのかい」

「別に」

「鯖神《さばがみ》さんと馬が合うのも、わかるってもんだよ」

「鯖神さんて」

「唐舟先生のことさ」

歯痛封じの稲荷といえば、芝日蔭町《ひかげちょう》の鯖稲荷と相場はきまっている。元来は旅の安全を祈願するところで、俗称である旅泊《さば》稲荷の「旅泊」が「鯖」に転じた。歯痛になったら鯖断ちをして稲荷に祈願し、治ったときは鯖の描かれた絵馬を奉納する。歯痛右の風習が遍《あまね》く知れわたっているので、唐舟は親しい店子たちに「鯖神さん」と呼ばれているらしかった。

「生臭え綽名《あだな》だな」

「おまえさん、先生を莫迦《ばか》にしちゃいけないよ。なにせ、長崎で向こうの学問を修められたお偉い先生だからね」

老婆は、名をおかつというらしい。

源兵衛店が建てられた当初から、独りで住みつづけているという。

「若い頃、あたしゃお座敷芸者になりたくってねえ、見よう見まねでおぼえた三味線《しゃみせん》を掻《か》きならし、流しで唄って稼いだものさ。ひもじいときは何だってやった。春をひさいだこともあったけど、他人様の持ち物を掠《かす》めたことはない。男は何人も入れ替わったさ。この長屋でいっしょに暮らした相手もいたっけ。でも、みんな出ていっちまった。ひょっこり戻ってくるのも居たけどね、たいがいは出ていったきり、糸の切れた凧《たこ》みたいなものさ。この二十年ほどは男日照りでね……むふふ、冗談だよ。なあに、淋《さび》しいことなんかあるもんか。ここに暮らす連中は家族も同然だからね」

雪駄《せった》直しに鏡研ぎ、菜売りに縫子に洗濯女、それから、のっぴきならない事情があって春をひさぐ女たち、店子の多くは老人と亭主のいない子持ち女であった。

「弱々しい貧乏人どもが、肩寄せあって生きてんのさ」

おかつ婆《ばあ》は、唐舟につくってもらった入れ歯を剝いて笑う。

「だから、みんなここを出たがらない。ふっ、店だてのはなしがあるんだよ。みんな、本心じゃ出たくないとおもっているはずさ。だけどね、山吹色の小判をみせられたら、どうなるかわかったもんじゃない。頼りは鯖神さんだよ。店子はお井戸さまを守る氏子も同然だから、頑張って居座らなくちゃならないって、先生はそう仰った。そのとおりだよ。今さらここを出て、どこへ行けって言うんだい。いくら小判を積まれても、あたしゃ首を縦に振らないよ」

唐舟のほかにも、頑固者がひとりいた。

おかつの気持ちは、伝次にも痛いほどわかる。

だが、事はおもいどおりにすすみそうもない。

世の中には、得をする者と損をする者がいる。

得をするのは金持ちで、損をするのはきまって貧乏人だ。

そうした不条理が、伝次には「許せねえ」とおもうときがあった。

虫螻《むしけら》も同然の影聞きだが、人助けをしたいというおもいは燻《くすぶ》っている。

「くそったれ」

店だてを目論む連中に善人はいない。丸抜き屋の軍兵衛にしろ、軍兵衛の背後に控える連中にしろ、悪党にきまっている。

悪党どもから、貧乏人を救ってやりたい。

何とかしてやりたいと願うのは、あたりまえのことだ。

「ちがうか」

伝次は胸に問うてみる。

われに返ると、おかつ婆のすがたは消え、鼻先に浮世之介が立っていた。

「よう、伝次」

言ったそばから、ぶんと右脚を蹴りあげ、頭上でぴっと止めてみせる。

奇妙な姿勢で、喋りかけてくるのだ。

「何しにきた、また歯でも痛みだしたのかい」

「いいえ、ちょいと様子見に」

浮世之介は脚を降ろし、襟をすっと寄せる。

「店だてが気になるのか」

「別に」

「妙な野郎だ。さっき、おかつ婆と喋っていたろう」

「ええ」

「婆さまの漬けた糠《ぬか》漬けは絶品だぜ。こんど食わしてもらいな」

「ええ、そうしやす」

「あんまり気張らねえこった。物事はなるようにしかならねえ」

「へえ」

達観したような物言いが、伝次の反骨魂に火を点《つ》けた。

くそったれめ、やっぱし、手助けしてやらねえ気か。

ぎゅっと奥歯を嚙みしめ、浮世之介を睨みつける。

「おっちゃん、兎屋のおっちゃん」

すっかり葉を落とした銀杏《いちょう》のしたで、洟垂れどもが呼んでいる。

「おう、今行くぜ」

浮世之介は綿入りの袖をひるがえし、遊びの輪に戻っていった。

「くそっ、こうなったら、おいらが動きまわってやる」

伝次は憤然と吐きすてた。

いったい、誰が軍兵衛に店だてを請け負わせているのか。

井戸を潰してまで屋敷を建てようとしているのは、どこの大名なのか。

それから、唐舟を手伝うおみつのことも気に掛かる。嘉平のはなしぶりから推すと、店だての鍵を握る女のようだ。

「とりあえず、丸抜き屋の顔を拝むか」

伝次は肩を怒らせながら、裏木戸を抜けた。

六

浜町河岸の船寄せから小舟を仕立て、流れの速い大川を横切った。

深川佐賀町の北端から仙台堀に進入し、万年町の手前に架かる相生橋《あいおいばし》を右手に曲がる。

しばらく漕《こ》ぎすすむと、材木町と富久町《とみひさちょう》を繋ぐ丸太橋に行きつくのだが、軍兵衛の屋敷は橋の東詰めに突きささった三角の土地に佇《たたず》んでいた。

「なるほど、ここが三角屋敷か」

丸太橋の向こうには油堀が横たわり、対岸には一色町《いしきちょう》の岡場所がある。

猥雑《わいざつ》な露地裏と貧乏長屋がごった煮のように混在したところだが、道代わりの堀の幅はけっこう広い。川面には細長い荷船が行き交っており、京橋川でみつけたのと同じような鴛鴦が二羽、水脈《みお》に揺られながら浮かんでいた。

桟橋には、荷揚げ人足《にんそく》が屯《たむろ》している。

午睡刻《ひるねどき》で仕事もなく、みな、惚《ほう》けたような顔をしていた。

ただ、丸抜き屋の紺看板を纏《まと》った連中だけは、蜥蜴《とかげ》のような眸子を光らせ、人足たちの尻を叩いている。

「ほら、てめえら、手間賃分の働きをしやがれ」

なかには、鞭《むち》を手にする男もいた。

悪相の男たちは、軍兵衛の手下にちがいない。

伝次はそれとなく、嘉平のすがたを捜していた。

が、どこにも見当たらず、親分の軍兵衛があらわれる気配もない。

仕方なく汀に近づき、小石を拾って抛《ほう》りなげた。

小さな飛沫《しぶき》があがり、艀《はしけ》の艫《とも》を濡らす。

艀には、檜《ひのき》がひと括《くく》り積んであった。

切り口には「木曾屋」という焼き印がみえる。

伝次は顔をあげ、丸太橋の西詰めに目をやった。

そこは材木町、間口の広い大店が堂々と構えている。

目を細めてみると、紺地の太鼓暖簾に白抜きで「木曾屋」とあった。

深川の木曾屋といえば、江戸でも十指にはいる材木商にほかならない。

伝次は何をおもったか立ちあがり、艀の縁に座る人足のそばへ近づいた。

「どうでえ、景気は」

気軽に声を掛けると、猿顔の人足は胡乱《うろん》な眸子を向けてくる。

「一服つけるかい」

伝次は懐中から煙管を取りだして火を点け、ぷかあっと美味そうに吹かした。

「ほれよ」

煙管を差しだすと、人足は黙って手を伸ばす。

風に流れる煙を眺め、伝次は微笑《ほほえ》みかけた。

「それは檜だろう、千住《せんじゅ》からかい」

「そうだよ」

「おめえさん、筏師《いかだし》か」

「筏師はこんなとこまで来ねえ。おれはただの運び屋、そこの旦那の下請けさ」

人足は口を尖《とが》らせ、煙管の火皿で三角屋敷を指ししめす。

「そっちは丸抜き屋だろう。手荒い遣り口で店だてをやる連中じゃねえのかい」

「丸抜き屋ってのは、店だてしたあとの地均《なら》しもやる。そこに建てる屋敷の材木も運びこむ。それだけじゃねえ、軍兵衛の旦那は大工やら左官やらも手配するんだ」

「ほう、そいつは便利だな」

「便利なだけじゃねえ、汚れ仕事はきっちりこなす。だから、木曾屋さんの信頼も厚いのよ」

人足は美味そうに煙を吹かし、眸子を細めた。

どうやら、軍兵衛は木曾屋の仕事を一手に引き受けているらしい。

伝次はさりげなく、はなしを変えた。

「それにしてもよ、見事な年輪だぜ。これだけの檜は、そうざらにあるもんじゃねえ」

「わかるのかい」

「素人目にもわかるさ。いってえ、こいつを何に使うんだ」

「さるところのお殿様の据え風呂になるって噂《うわさ》だぜ」

「檜風呂か、そいつはすげえな」

驚いてみせると、人足はむっつり黙りこんだ。

煙管を押しもどし、ぷいと横を向く。

背中に、誰かの気配が近づいてきた。

振りむくと、嘉平が立っている。

「おめえ、影聞きの伝次だったな」

「あ、ああ」

「ちと、顔を貸してくれや」

襟首をつかまれ、露地裏の暗がりに連れていかれた。

ぎらついた眸子に残忍そうな唇《くち》もと、居酒屋で呑んだときとは別人のようだ。

「さあ、教えてくれ。いってえ、何を嗅ぎまわってる」

「べ、別に」

「どうして、三角屋敷にやってきた」

「おめえさんに逢《あ》いたかったからさ」

「何で」

「店だての件だよ、うめえはなしがあったら、おいらにも乗らせてくんねえかな」

「おめえに何ができる」

「鼻は利くぜ、犬なみにな」

「犬か」

嘉平は肩の力を抜き、油堀の淀《よど》んだ流れに目をやった。

つがいの鴛鴦が、流れのままに漂っている。

嘉平は遠い目をしながら、ぼそっと漏《も》らした。

「鴛鴦ってのは妙な鳥だ。つがいのときはああして、日がな一日眠りながら、凍《い》てついた水面にぷかぷか浮かんでやがる。ところが、かたわれが居なくなると、途端に落ちつきを無くしてな、すぐに死んじまうらしい。つがいになる新しい相手を、みつけようともしねえのさ。まったく、律義な鳥だとはおもわねえか」

嘉平のことばを、伝次は計りかねた。

「おめえもおれも、うかうか死ねねえってことさ」

だいじな誰かが、嘉平を待っているのだろうか。

それにしても、なぜ、鴛鴦のはなしをするのだろう。

「おめえは言ったな。影聞きってのは、三日やったらやめられねえ商売だと」

「たしかに言った」

「鼻が利くってのも考えもんだぜ。ほどほどにしとかねえと、命を縮めることになる」

「ああ、わかってるよ」

「わかってんなら、帰えんな」

「え」

「ふん、何も煮て食おうってわけじゃねえ。さっさと消えやがれ」

「どうしてだい」

なぜ、自分のような怪しい者を野放しにするのか。

伝次はどうしても、それだけは聞いておきたかった。

「おれは流れ者だ。軍兵衛に気に入られちゃいるが、格別の義理はねえ。だから、教えてやったのさ。おめえみてえな半端者をみてると、どうにも危なっかしくてたまらねえ気分になるんだよ」

ぽんと肩を叩かれ、伝次は項垂《うなだ》れた。

嘉平のほうが、一枚も二枚も上手だ。

そのとき、三角屋敷の正面が騒がしくなった。

手下どもに囲まれ、もみあげの反りかえった馬面の男があらわれた。

「みてみな、あれが軍兵衛さ、還暦にゃみえねえだろう」

嘉平が口を近づけ、うなじに息を吹きかけてくる。

「ひぇっ」

伝次はおもわず、首を縮めた。

「へへ、おめえの考えているとおりさ。軍兵衛に店だてを請けおわせたな、丸太橋のあっちでふんぞり返えっている野郎だよ」

「木曾屋か」

「主人の名は藤左衛門《とうざえもん》、肥えた腹んなかに黒いもんをいっぱい詰めた野郎さ」

嘉平は、口端を捲《まく》りあげて笑った。

何から何まで、見透かされている。

伝次は一刻も早く、この場から逃げだしたくなった。

七

嘉平に諭され、動きが鈍くなったことはたしかだ。

それでも、伝次はめげずに動きまわり、数日掛かって調べあげた中味を兎屋に持ちこんだ。

十手《じって》持ちを毛嫌いしているので、ほかに頼るべきところもない。

自分で解決しようにも、できるはずがないことはわかっている。

浮世之介は怠け者の遊び人だが、いざとなればやってくれるという期待が心の片隅にあった。

兎屋の帳場脇には炬燵《こたつ》が置かれ、おちよが拾ってきた野良猫が二匹、炬燵蒲団《ぶとん》の上で丸くなっていた。

夕刻だが、空は厚雲に閉ざされ、夜のような暗さだ。

軒先に植えた魔除《まよ》けの柊《ひいらぎ》が雪の粒を集めたような花を付け、玄関口にも芳香が迷いこんでくる。

浮世之介と伝次のほかに、番頭の長兵衛も炬燵で暖まっていた。

「親方、店だてを請け負わせた野郎、誰だかわかりやしたぜ」

「ふうん、そうかい」

「材木問屋の木曾屋藤左衛門、金貸しも営む腹黒い商人でやんすよ」

「木曾屋なあ」

「軍兵衛のねじろがある三角屋敷と堀川を挟んで対面しておりやしてね、悪党同士がご近所の誼《よしみ》でつるみ、店だてを目論んでいるってわけで」

浮世之介は三毛猫ののどを撫でながら、どうでもいいような顔で聞いている。

口を挟んだのは、長兵衛だった。

「伝次、木曾屋の狙いは」

「よくぞ聞いてくれました。木曾屋は秘《ひそ》かに大名貸しをやっておりやしてね、その相手ってのが越前勝山藩の小笠原《おがさわら》家、二万二千石のお殿さまだ」

「小笠原さま……ん、そうか」

長兵衛は膝を打った。

「源兵衛店と道ひとつ挟んだ正面に、御上屋敷をでんと構えていなさる」

「さいでやんす。源兵衛店を潰したあとの更地にゃ、小笠原さまご所有の御屋敷が建つってなわけで」

「妙だな。道を挟んだ向こう側に、母屋でも建てようってのか」

「おいらもね、そこんところをとっくり考えた」

「で、こたえは出たのかい」

「へへ」

伝次は自慢げに胸を反らし、浮世之介をちらりとみた。

「水でやんすよ」

「ほう、どういうこった」

「更地に建てるのは母屋なんかじゃねえ。おいらがおもうに、お社《やしろ》じゃねえかと」

山伏の井戸を潰しても、名水の水脈は残る。井戸をあらためて掘りなおし、噴出した水を水神として祀るのだと、伝次は説いた。

「なるほど、有馬さまの水天宮にあやかったな」

長兵衛は算盤を引きよせ、ぱちぱち玉を弾いた。

水天宮の賽銭は、一日に均して五両になると聞く。

「一年に換算すりゃ、千と八百両だ」

莫迦にならない収入である。昨今はいずれの藩も台所事情が苦しいので、賽銭で潤う有馬家久留米《くるめ》藩には羨望の眼差しが注がれていた。

「二番煎《せん》じでやんすが、山伏の井戸なら知らねえ者はいねえし、同じ水脈から出た水を屋敷神として祀れば、ひとも大勢集まるにちげえねえ」

「名水の御墨付きが欲しいってわけだな。そのために店だてを企《たくら》んだのか。けっ、大名のくせして、せこいことを考えやがる」

「たぶん、お殿さまはご存じねえことでしょうよ」

「どうしてわかる」

「倉島刑部《くらしまぎょうぶ》っていう留守居役がおりやしてね、こいつが木曾屋藤左衛門と毎晩のように宴席をかさねていやがるんだ」

柳橋の亀清に深川の二軒茶屋、木挽町《こびきちょう》の酔月に浅草代地の川長《かわちょう》、どれをとっても一流どころの料理屋に揚がり、興が乗れば朝帰りのときもあるという。

「留守居役と御用商人がつるみ、藩を食い物にしているにちげえねえ」

と、伝次は苦々しげに言う。

「黒幕は留守居役か。でも、悪知恵を授けたのは、木曾屋かもしれねえな」

「番頭さん、おいらもそうみてんだ」

木曾屋は小笠原家に大金を貸した手前、利子をきっちり回収しなくてはならない。

「そいつを捻《ひね》りだす打ち出の小槌が、山伏の井戸ってわけさ」

「けっ、悪党の考えそうなこった」

長兵衛は憤然と言いはなち、浮世之介に顔を向けた。

「親方、いかがです。影聞きの読みは当たっておりやしょうかね」

「さあて、どうかな」

浮世之介はあいかわらず、とぼけた面で応じてみせる。

三毛猫の両手を握って万歳などさせ、おもしろがっているのだ。

「どうだい、こいつ、猫の癖に芸達者だろう」

「ほんとうだ、くかかか」

長兵衛は浮世之介に付きあい、入れ歯を鳴らして笑う。

「ちっ」

伝次は舌打ちをした。

「そう熱くなるなって。からくりがわかったところで、手の出しようはあんめえ」

長兵衛は炬燵蒲団を寄せ、ふうっと溜息《ためいき》を吐く。

たしかに、そのとおりだ。

相手が万石大名の重臣なら、抗う余地はない。

哀れな店子たちは、早晩、店だてを食うしかなかろう。

「くそったれ」

外を覗けば、しんしんと雪が降っている。

伝次は心底から、溜息を吐きたくなった。

八

丸抜き屋の軍兵衛は大家の巳助を使い、立ち退《の》きに応じれば店子に一律二分払うという条件を持ちだした。

二分は一両の半分、その日暮らしの貧乏人には大金だ。

金に釣られ、半数近くの店子が荷物をまとめはじめた。

しかし、残りの半数は毛ほども応じる構えをみせない。

なにしろ、老人と女子《おなご》どもばかりなので、師走を控えて引っ越しなど考えられなかったし、何よりも山伏の井戸を見捨ててまで店を離れるのが忍びなかった。

数日すると、丸抜き屋の連中は表立って意地悪をするようになった。

人相の悪いのが木戸番小屋に屯したり、木戸の内に踏みこんで睨みを利かせたりする。そうかとおもえば、馴染みの豆腐屋や納豆売りを脅したり、春をひさがねばならぬ店子の女にちょっかいを出したりもした。

そうしたなか、悲しむべきことが勃《お》こった。

深夜、何者かが井戸のなかに糞《くそ》をたれたのだ。

手下どもの嫌がらせであろうことは、容易に想像できた。

店子たちは悲嘆に暮れ、おかつ婆などは床に臥《ふ》してしまった。

家主も大家も買収されているので、公の場に訴えでることもできない。

木戸番小屋の板戸には「井戸替えのため、水をお分けできかね候」という紙が貼られ、この事をきっかけに、立ち退きを決意する古手の店子も出てきた。

伝次は見舞いも兼ねて、おかつ婆のもとを訪れた。

「すまないねえ、おまえさんが来てくれると、大助かりだよ」

何度か御用聞きの真似事《まねごと》をしてやったら、親しくしてもらえるようになった。

誰かに頼られるのは嬉しいことだ。捨て子の伝次にとって、目にしたこともない母親に孝行のし直しをしている気分を味わえる。

晩飯も何度か馳走《ちそう》になった。

浮世之介に教わったとおり、おかつ婆の糠漬けは至福の味だ。

この味を絶やさぬためにも、店だては阻んでみせると、伝次は力みかえっている。

だが、これといった方策はない。芥《ごみ》も同然の影聞き風情がじたばたしたところで、大きく動きはじめた歯車を止めることはできない。

雪雲の垂れこめた朝、口中医のもとで揉《も》め事があったと聞き、伝次は急いで唐舟のもとに向かった。

すでに店子たちが集まっており、固唾《かたず》を呑んで事の推移を見守っている。

「先生、莫迦なまねはやめてくれ」

泣きそうな顔で懇願しているのは、大家の巳助だった。

唐舟は見知らぬ若い男の頭を小脇に抱え、上がり框《かまち》のところで仁王立ちしている。

右手には、やっとこを握っていた。

「やめてくれ、堪忍してくれ」
と、若い男も叫んでいる。
唐舟の後ろには、おみつが背後霊のように控えていた。
顔色は蒼白《そうはく》で、紫色の唇もとを怒りでぶるぶる震わせている。
どうやら、唐舟に抱えられた男が井戸に糞をたれた下手人らしかった。
おみつがたまさか悪事を目撃し、それと判明したのだ。
おみつは、橘町《たちばなちょう》の裏店から通ってくると聞いていた。
通いの女がどうして、深夜の出来事を知り得たのか。
そうした問いかけを、口にする者はいなかった。
男は唐舟に問いつめられ、やったのは自分だと白状した。
「そいつは何かのまちがいだ。先生、若い衆を放してやってくれ」
巳助は拝むような仕種《しぐさ》をする。
誰ひとり、同調する者はいない。
この場に軍兵衛の手下がいないことも、店子たちの怒りを煽《あお》った。
「先生、そいつを簀巻《すま》きにして大川に抛っちまおうよ」
人垣の後ろから、嗄れた声が掛かった。

みやれば、おかつ婆が入れ歯を剝いている。

「そうされても、文句はなかろうさ。お井戸さまを穢《けが》れさせた罰を与えてやらにゃあ。それとも何かい、おまえさん、誰かに頼まれてやったのかい」

おかつ婆の問いに、若い衆は嚙みついた。

「うるせえ、梅干し婆」

唐舟は鬼の形相で、男の口をこじあける。

「ぬがっ、な、何しゃがる」

「覚悟しな、でけえ口を叩けぬようにしてやる」

言うが早いか、やっとこで前歯を挟みつけた。

「ぎっ……や、やめてくれ」

「やめてほしかったら、やらせた野郎の名を吐け」

うん、うんと、若い衆は涙目で頭を振った。

やっとこを外してやると、蚊の鳴くような声で「軍兵衛親分だ」と漏らす。

「聞いたか、皆の衆、神聖な井戸を糞まみれにさせた野郎は丸抜き屋だぞ」

唐舟はやっとこを振りあげ、大声で叫ぶ。

「やい大家、今からこいつを連れて奉行所へ訴えでるぞ、文句はねえな」

「およよ、待ってくれ、先生。奉行所なんぞに訴えでようものなら、てえへんなことになる」

「ほう、どうなるってんだ」

「死人が出るかもしれねえ」

「大家が店子を脅すのか。ふん、悪党の片棒担いで小銭を貯めやがって。おれはもう堪忍袋の緒が切れそうだぜ」

唐舟は若い衆に当て身を食わせ、間髪を容れず、巳助の襟首をつかんで引きよせた。

「うわっ、何しゃがる。木偶《でく》の坊の藪め」

「がたがた騒ぐんじゃねえ」

唐舟は大家を横抱きに抱え、奥へ引っこんだ。

おみつが背につづき、伝次も草履のまま板間にあがる。

ひょいと顔を出すと、巳助が床几のうえに仰向けにされたところだ。

赤鬼と化した唐舟が振りかえる。

「やい、影聞き、突っ立ってねえで手伝え」

「へ、へい」

伝次は駆けより、暴れる巳助の両脚を押さえつけた。

「おみつ、大家の鼻を摘め」

「はい」

「うえっ、やめろ、やめてくれ」

巳助は鼻を摘まれ、ぱかっと口を開けた。

やっとこが挿入され、奥歯の奥を挟みこむ。

歯ではない。骨じゃねえのかと、伝次はおもった。

他人事ながら、直視できない。

泣き叫ぶ大家の気持ちが、疼きとなって奥歯に伝わってくる。

「店子の痛みを知りやがれ」

唐舟は怒鳴りあげ、二の腕に力を込めた。

ぐぎっと、耳を塞ぎたくなるような音がする。

巳助は気を失い、平皿に白い固まりが転がった。

「親知らずさ」

唐舟は素っ気なく言い、やっとこを抛りなげる。

と、そのとき。

木戸口のほうから、轟音《ごうおん》が聞こえてきた。

どどどどと、何かが音を立てて崩れている。

「てえへんだ、先生、丸抜き屋の連中が暴れてる」

店子の呼びかけに応じ、唐舟は巨体を躍らせた。

伝次も外に飛びだしてみると、木戸口に近い長屋の一角が崩壊し、濛々《もうもう》と土煙を巻きあげている。

「おら、ぶっこわせ、やっちまえ」

悪相の連中が大槌を掲げ、柱や板塀を叩きこわしていた。

唐舟は脇目も振らず、手下のひとりに突っこんでいった。

「うわっ、熊野郎が来やがった」

どんと肩でぶちかまし、丸太のような腕で投げとばす。

しかし、敵は大人数だった。

囲まれれば、さすがの唐舟も分が悪い。

「こんにゃろ」

ひとりが木刀を振りかぶり、唐舟の背に襲いかかった。

「うわっ、先生」

叫んではみたものの、伝次に助っ人《すけと》にはいる勇気はない。

がつんと鈍い音がして、唐舟は膝を折った。

割れた頭から血が流れ、意識は朦朧《もうろう》となる。

「それ、やっちまえ」

破落戸《ごろつき》どもが殺到し、唐舟に撲《なぐ》る蹴るの暴行をくわえる。

伝次は膝を震わせながら、襤褸雑巾と化した巨体を傍観するしかなかった。

九

あれほど、自分の無力を思い知らされたこともない。

おもいだすだに、伝次は歯噛みをしたくなる。

唐舟は利き腕を折られたものの、命まで取られることはなかった。

軍兵衛の手下どもは長屋一棟を潰し、歓声をあげながら立ち去った。

「ご存じかい、木戸口の陰に役人が立っていたんだよ」

おかつ婆に教えられるまで、伝次は気づかなかった。

役人は黒羽織を纏った小銀杏髷で、帯の背中に十手を差していたという。

風体から推せば、町奉行所の同心にまちがいなかった。

軍兵衛か木曾屋に、袖の下をたんまり貰ったのだろう。

「奉行所の役人なんざ、最初から頼りにしてねえさ」

強がりを吐いたところで、屁の突っ張りにもならない。

やがて、店子たちは櫛《くし》の歯が欠けるように居なくなっていった。

誰それは二両貰っただの、誰それは倍の四両積まれただのと、嫉妬と羨望の入りまじった囁きも聞かれるようになり、霜月《しもつき》も終わりに近づいたころには、ついに、池野唐舟とおかつ婆をふくむ七世帯を残すのみとなった。

今日は朝から、細雪《ささめゆき》が降りつづいている。

潰された長屋跡は帷子《かたびら》のような雪に覆われ、淋しく佇む四棟の長屋も白装束を纏っていた。

悪党どもはおそらく、この雪が根雪になるまえに片を付ける腹だろう。

七世帯を立ち退かせるだけなら、半日もいらない。

二日もあれば、残りの襤褸長屋を潰して更地にできる。

悲運を呪う日が近づいているなと、伝次は悟った。

「そばぁうぃ」

源兵衛店の木戸に近い四つ辻から、屋台蕎麦《そば》の売り声が聞こえてくる。

「腹ごしらえでもすっか」

伝次は木戸の正面で踵を返し、襟を寄せながら早足になる。

つるっと足を滑らした瞬間、目の端に女の影が過《よ》ぎった。

「あっ」

おみつだ。

前髪の揃《そろ》った男の子の手を引き、屋台蕎麦の暖簾を振りわけている。

入れ替わりに、職人風の客がひとり出てきた。

看板には「田毎《たごと》の月」とある。

信州更科《さらしな》産の蕎麦を売り物にしているのだ。

伝次はそっと近づき、物陰から様子を窺った。

「さあ、できたぞ」

蕎麦屋の親爺《おやじ》らしき男の太い声が聞こえてきた。

「気をつけて、あっちいだよ」

おみつは注意を与えながら、男の子を抱きあげる。

暖簾が邪魔でみえぬが、小机に座らせたのだろう。

「お待ちなさい、ふうふうしてあげるからね」

「はあい」

「さ、お食べ」

わが子をあやす母の声だ。

おみつは母なのだと、伝次は悟った。

ぞろぞろっと、蕎麦をたぐる音がする。

「どうだ、正太《しょうた》、美味いか」

上擦《うわず》った声を発するのは、蕎麦をつくった親爺だった。

どうやら、以前からの知りあいらしい。

しかも、かなり親密な間柄のようだ。

伝次は、親爺の顔を拝みたい衝動に駆られた。

おみつが去るまで待つか。それとも、素知らぬ顔で押しこんで反応を見定めるか。

迷っていると、別の人影がふらっと近づいてきた。

「げっ」

浮世之介だ。

銀煙管を吹かしている。

白地の着物の背中いっぱいに、崩し文字で「満願寺」と大書されてあった。

ふざけやがって、あんにゃろ。

浮世之介は、ひょいと暖簾を振りわけた。

「親爺、掛けを一杯、それと燗《かん》酒」

暢気な声が聞こえてくる。

「へええい」

間延びした親爺の返事につづき、おみつと正太が外に出てきた。

「さ、帰ろ」

おみつは白い息を吐き、五つに満たない坊主の手を引いた。

そして、橘町の方角へ遠ざかってゆく。

おかつ婆に一度、素姓を質したことがあった。

寡婦らしいとは聞いていたが、子があることは知らなかった。

唐舟を手伝いはじめたのは、今から半年ほどまえのことらしい。

ふたりがどういった関わりなのか、源兵衛店の店子で知る者はいなかった。

唐舟自身に聞く手もあったが、痛くもない歯を抜かれるような気がして二の足を踏んでいた。

伝次は洟水を啜《すす》りあげ、嘉平の台詞《せりふ》を反芻《はんすう》した。

──おみつって女に関わりがある。

あの女、ほんとうに店だての鍵を握っているのだろうか。

「こうなりゃ、本人に当たるっきゃねえ」

伝次は蕎麦屋に浮世之介を残し、おみつの背中を跟《つ》けた。

たどりついた橘町の長屋は、さほど遠いところではない。

色街で知られる町屋の一隅、じめじめした露地裏をすすむと、源兵衛店と大差のない襤褸長屋に行きついた。

おみつは正太という名の坊主と、厠《かわや》に近い奥の一室で暮らしている。

屋台蕎麦で母子《おやこ》のやりとりを聞いたときから、伝次は妙な印象を引きずっていた。

ひょっとしたら、おみつは武家出身の女ではあるまいか。

そうおもってみると、めりはりのある所作のひとつひとつが町屋の女とはちがう。

気丈そうな面持ちも、物事に動じない風情も、武家出身ということなら納得できる。

「そうなのか」

伝次は長屋の奥に忍びこみ、稲荷明神の物陰に隠れた。

なかなか、訪ねる勇気が出てこない。

暗くなって怪しげな鼠顔の小男に踏みこまれたら、誰だって警戒する。

面識がないわけではないが、信用されている保証はどこにもないのだ。

元来、伝次は人に対するのが不得手な性分だった。明るいうちは土間の片隅に隠れ、暗くなったらちょろちょろ動きまわり、鼠のように米櫃《こめびつ》を漁《あさ》るのを得意としている。ことに相手が武家出身の女となれば、二の足を踏むのは仕方のないことだ。

四半刻《しはんとき》ほど、油障子に映る行灯《あんどん》を睨みつづけた。

「ええい、ままよ」

ようやく、訪ねる決意を固めたとき。

裏木戸のほうから、痩《や》せた人影がひとつ迫ってきた。

どこかで見た覚えのある輪郭だ。

「うっ」

嘉平であった。

周囲を気にしながら、油障子を軽く敲《たた》いてみせる。

「おい、開けてくれ」

嘉平が低声《こごえ》を発すると、障子戸は音もなく開いた。

おみつが丸抜き屋の手下を、しおらしく迎えている。

驚いたことに、腕を取らんばかりにして招きいれた。

「どうなってんだ、おい」

伝次はしばらくのあいだ、寒空のしたで震えつづけた。

一刻ほど経《た》っても、嘉平は出てこない。

「くそっ」

酒を呑みたくなってきた。

後ろ髪を引かれるおもいで、襤褸長屋を後にする。

あれこれ考えつつ、源兵衛店まで戻ってはきたが、田毎の月の看板は何処《どこ》かに消えたあとだった。

十

嘉平とはいったい、何者なのか。

丸抜き屋の手下と称しているが、別の顔があるのかもしれない。

おみつの子に親しげに喋りかけていた蕎麦屋の親爺も気になる。

あれこれ考えていると、頭から湯気が出てきそうだ。

膨らむ問いを胸に抱え、伝次は材木商に探りを入れた。

霜月晦日《みそか》の夕、阿漕《あこぎ》な稼ぎで肥えた木曾屋藤左衛門は雪見舟を仕立て、向島の川縁をぐるりと経巡《へめぐ》り、深川の油堀まで戻ってきた。そして、三角屋敷と対面する店には帰らず、富岡八幡宮《とみおかはちまんぐう》の裏手に漕ぎよせた。

馴染みの芸者がふたり、舟に同乗していた。

両手に花で陸にあがった藤左衛門は、四十年増の女将《おかみ》が握る提灯《ちょうちん》に出迎えられた。

「木曾屋の旦那、お大尽がお待ちかねですよ」

女将は艶《つや》めいた声で告げ、白いのどをみせて笑う。

提灯には「松本」とあった。

有名な二軒茶屋のひとつだ。

もう一軒は「伊勢屋」といい、二軒の茶屋は御宮の奥で鉤形《かぎ》に軒を並べている。

舟着が便利なので、茶屋の者と船頭たちは顔馴染みだった。

藤左衛門は女将をからかった。

「女将、今宵は鮟鱇《あんこう》鍋でもどうだ」

「あら旦那、うちでは下魚の吊《つる》し切りなんぞ、お披露目できませんよ」

「わかっておるわ。されどな、美味いものも食べ尽くした。わたしはもう、海鼠腸《このわた》で下り酒が呑めればそれでよい」

「あらあら、それこそ贅沢《ぜいたく》というもの」

女将は笑った口を袂《たもと》で隠し、ちらっと船頭のひとりをみた。

怪訝《けげん》な顔をしたのは、見掛けない船頭だからだった。

軽く会釈をしてみせたのは、伝次にほかならない。

頬被《ほおかぶ》りの船頭に化け、悪徳商人の船遊びに付きあった。

おかげで、藤左衛門の接待する今宵の相手が、勝山藩江戸留守居役の倉島刑部であることはわかっていた。

ただし、客は倉島だけではなかった。

もうひとり、駿河台《するがだい》から「お大尽」を招いているらしい。

駿河台は大身《たいしん》の旗本屋敷が集まる武家地だが、相手の正体はわからない。

それにしても、招いた客を待たせるとは、木曾屋も肝が据わっている。

ひょっとしたら、大金を貸しつけている相手なのかもしれなかった。

大物ぶりをみせつけ、金利交渉を有利にすすめるつもりなのか。

それとも、店だてに関する厄介な相談でも持ちかける腹なのか。

いずれにしろ、座敷で待つ「お大尽」の素姓を探らねばなるまい。

駿河台に帰るなら、舟便を使う公算は大きい。

伝次は寒空のした、ひたすら宴席がおひらきになるのを待った。

亥刻《いのこく》が近づいたころ、白いものがちらついてきた。

寒いうえに、腹が空《す》いている。

「そばぁうぃ」

ちょうどそこへ、屋台蕎麦の売り声が聞こえてきた。

土手際に沿って、軒行灯が近づいてくる。

そちらに足を向け、途中で立ち止まった。

看板に「田毎の月」とある。

「あんにゃろ」

源兵衛店で見掛けた蕎麦屋とはかぎらない。が、きっとそうにちがいないと、伝次はおもった。

「面を拝んでやろう」

屋台のところから、船寄せは近い。

木曾屋の一行が茶屋から出てきても、すぐにわかるはずだ。

伝次は頬被りを外し、屋台の暖簾を振りわけた。

客はいない。

「親爺、掛けを一杯、それと燗酒」

「まいど」

応えた親爺の眉間には、頑固そうな縦皺《じわ》が深く刻まれていた。

老いてはいない。四十そこそこだろう。

からだつきは細いが背丈はあり、肩幅も広い。

この男にまちげえねえなと、伝次は察した。

おみつとはいったい、どんな関わりなのか。

質したい衝動に駆られ、口をひらきかける。

するとそこへ、月代《さかやき》を伸ばした浪人風体の男があらわれた。

一見しただけで、震えがくるような面相だ。

右目のうえに酷《むご》い刀傷があり、風貌に凄味《すごみ》を与えている。

「親爺、酒だ」

「へい」

浪人は、伝次をぎろっと睨みつけた。

「おぬし、猪牙《ちょき》の船頭か」

「いえ、屋根船のほうで」

「このあたりじゃ見掛けぬ面だな」

「へい、浅草のほうで商売をやっておりやす」

「向島まで木曾屋の旦那を乗せたな」

「へい」

「おぬしのほかに、船頭はふたりいた。そいつらの顔には見覚えがある。おぬしだけが、はじめてみる面だ」

「仰るとおり、漕がせていただいたな、今宵がはじめてで」

「やはりな」

心ノ臓が、ばくばく音を立てはじめる。

はなしが途切れたところへ、燗酒が出された。

親爺は俯《うつむ》いたきり、顔をあげようともしない。

伝次は酒を猪口《ちょこ》に注ぎ、そっと口をもってゆく。

「手が震えておるぞ。ふふ、わしが恐《こわ》いのか」

浪人は無精髭を撫で、親爺のほうを睨む。

それに応えるかのように、燗酒が出された。

浪人は置き注ぎで一杯呑み、さらに注ぎながら、わけのわからぬことを口走る。

「釣鐘落としという技があってな。どんな技か、おぬしにわかるか」

「い、いいえ」

「釣鐘とは大仰だが、小手《こて》打ちのことさ。華麗な技ではない、介者剣術よ」

浪人が酒を呷ったところへ、掛け蕎麦が出された。

伝次は手を付けられず、しばらく湯気を眺めていた。

「どうした、食わねばのびるぞ」

「へい」

意を決し、蕎麦をたぐる。

噎《む》せながらもたぐり、汁をのどに流しこむ。

味も分からず、食った気がしない。

熱い汁を呑んでも、震えは止まらなかった。

斬られる。この男に斬られる。

おもいこみは恐怖を募らせ、爪先まで凍りついてしまう。

「ふん、どぶ鼠め」

浪人は吐きすて、空になった銚子を横にかたむけた。

「親爺、そういや、おぬしもみぬ面だな」

「旦那、因縁をつけるんなら、お代はいりやせんぜ」

「ほう、いい度胸だ。木曾屋の用心棒に意見するとはな」

「意見だなぞと、そんなつもりはありやせん。ここで商いしちゃならねえってんなら、すぐに行灯を消しまさあ」

「その必要はない」

浪人はすっと背筋を伸ばし、一瞬で白刃を抜きはなつ。

「うえっ」

伝次の鼻先を電光が走りぬけ、あたりが暗くなった。

地べたには、ふたつになった軒行灯が燃えている。

「これが釣鐘落としよ、ぬははは」

浪人は大笑しながら刀を納め、茶屋のほうに遠ざかっていく。

「死神め」

と、親爺が吐きすてた。

まさに、そのとおりだ。

悪徳商人のそばには、死神が張りついている。

伝次は今さらながら、深入りしたことを悔やんだ。

「船頭さん、気を付けたがいい」

親爺が、血走った眸子を近づけてくる。

「つぎに遭ったときは、命がなかろうぜ」

伝次は、膝頭の震えを止めることができなかった。

十一

翌朝、朝靄《もや》の垂れこめた油堀に、嘉平の遺体が浮かんだ。

丸太橋の汀を、丸太のように流れていたのだという。

遺体には刀傷があり、右手首を落とされていた。

「くそっ、殺《や》ったな死神だ」

伝次は焦る気持ちを抑えかね、唐舟のもとへ走った。

おみつに会い、どうしても、嘉平との関わりを質さねばなるまい。

裏長屋の一角に駆けこんでみると、派手な扮装《いでたち》の先客があった。

浮世之介である。

銀煙管を吹かし、輪になった煙を目で追っている。

右腕を晒《さらし》で吊った唐舟が憮然《ぶぜん》とした顔で座り、おみつは隣で目を真っ赤に腫らしていた。

「よう、伝次かい。血相を変えて、どうした」

浮世之介に水を向けられ、伝次は声を震わせた。

「どうしたもこうしたもねえ、嘉平が殺られた」

「聞いたさ。一刀で袈裟懸けにばっさり、だってな」

「右小手も落とされていたそうですぜ」

「すると、材木屋に飼われた野良犬の仕業か」

「うえっ、何で知ってやがんでえ」

「用心棒の名は漆原采女《うるしばらうねめ》、小手打ちの名人だとよ」

「だから、何で親方がそこまでご存じなんです」

「聞きかじっただけさ。安心しな、おめえの領分を侵すつもりはねえ」

「ふん、どうだか」

おみつが立ちあがり、水瓶《みずがめ》から水を一杯汲《く》んできてくれた。

「お、すまねえ」

伝次は水を呑みほし、ふうっと呼吸を整える。

「親方、殺された嘉平ってのは、いってえ何者なんです」

「本名は仙道勘右衛門《せんどうかんえもん》、勝山藩の横目付だそうだ」

「げっ」

「驚くのも無理はねえ。あやつ、軍兵衛の手下になりきっていたからな」

「親方は、いつ知ったので」

「つい今し方、おみつさんから聞いたのさ」

同意を求めると、おみつはこっくり頷《うなず》いた。

「仙道さまは、倉島刑部の悪事を探っておられました」

「倉島って、留守居役の」

「さようです」

悪事の証拠固めを済ませ、これからというやさき、嘉平は命を断たれた。

おみつは床をみつめ、怒りを抑えた口調でつづける。

「仙道さまは剣術に秀でたお方、その仙道さまを亡き者にせしめるとは、漆原なる者、よほどの手練《てだ》れとみなければなりませぬ」

「ちょ、ちょいと待ってくれ。おいらにゃ、はなしがみえねえ。そもそも、唐舟先生はおみつさんと、どういった関わりなんだい」

「わしか。わしは蕎麦屋の親爺に頼まれただけさ。当分のあいだ、おみつを預かってほしいとな。あんまり必死なもんで断れなんだのよ」

唐舟は笑いかけ、うっと呻《うめ》いた。

軍兵衛の手下にやられた傷に響くのだ。

あらためて眺めると、生傷だらけの顔をしている。

「蕎麦屋ってのは、田毎の月の親爺ですかい」

「そうよ。美味え蕎麦が食いたくなってな、浮世どのに紹介してもらったのさ」

「え、親方が教えてやったんですかい」

「まあな。たまさか、へっつい河岸を流してたもんで、たぐってみたらこれがけっこういける。いけるとなったら、毎晩でもたぐりたくなる。そいつが美味え蕎麦だろう」

「蕎麦の味はどうだっていいんで。親爺の素姓は」

「んなものは知らねえ」

「なあんだ、おいらと同じじゃねえか」

伝次はこれまでの経緯《いきさつ》を、包み隠さずに喋った。

浮世之介も唐舟も黙って聞き終え、唐舟のほうが親爺の素姓を明かした。

「杵築与五郎《きづきよごろう》と言ってな、おみつの亭主さ」

「あんだって」

杵築はかつて、倉島刑部の配下だった。

倉島は有能な男だが、腹黒い悪党でもある。

木曾屋と計らい、藩の台所を荒らし、不正が表沙汰になりかけると、要領の悪い手下に責任を押しつけた。手下のなかには、無念腹を切らされた者もあったらしい。

悪事を把握できる立場にあった杵築は、命を賭して藩主への訴状をしたためた。

ところが、訴状は倉島の息が掛かった目付のもとで握りつぶされ、杵築は謀反人として捕らえられるはめになった。万事休すと覚悟を決めたとき、灰になりかけた訴状を握りしめ、正義感に駆られたひとりの横目付があらわれた。

それが、剣術道場でも同門の仙道勘右衛門だった。

おみつは眸子を潤ませ、必死にことばを接いでゆく。

「仙道さまは、杵築に逃げろと申されました。ひとまずは急場を凌《しの》ぎ、臥薪嘗胆《がしんしょうたん》、お殿様に訴えでる機を待つのだと。それが、ちょうど二年前のことにござります」

杵築は妻子をともなって出奔し、いっときは江戸を離れた。

そして、ほとぼりが冷めたころ、江戸に舞いもどり、屋台蕎麦を担ぎながら機が熟すのを待ちつづけた。

「半年前、仙道さまから、山伏の井戸をめぐって企みのあることが報《しら》されました。この機を逃してはなるまじと、杵築は企みのからくりを調べはじめたのでござります。わたくしも何か手伝えぬものかと相談したところ、杵築は源兵衛店に潜りこむ算段を付けてまいりました」

「正体を明かさず、唐舟先生のもとへ潜りこんだってわけかい」

「はい、まことに申し訳なくおもっております」

「ふん」

唐舟は、不機嫌そうに鼻を鳴らす。

「別に、事情なんざ聞かなくたっていい。蕎麦屋の蕎麦は美味かったし、おみつには医術のおぼえがあった。おみつはいつも一所懸命でな、手を抜いたことは一度もねえ。口中医池野唐舟の役に立ってくれた。それだけで充分さ」

「先生……も、申し訳ござりません」

おみつは床に額を擦りつけ、顔もあげられない。

唐舟は重い溜息を吐き、浮世之介をみやった。

「ま、そういうわけでな。浮世どの、狢仲間のあんたに頼むのは気が引けるが、わしも今度ばかりはお手上げだ。この襤褸長屋に住む連中のために、何とかひとつ、骨を折っちゃもらえまいか」

「先生に頼まれたら、首を横に振るわけにもいくめえ。伝次、おめえはどうする、やる気あんのか」

「親方、何を今さら寝言を言ってなさるんで。おいらは最初から、店だてを食いとめようと、こうして東奔西走」

「わかったよ、そうだったな。ところで、二軒茶屋を張りこんだんだろう。何かわかったかい」

「おっと、でえじなことを忘れるところだ。真夜中、駿河台まで小舟を漕ぎやしてね、木曾屋に招かれたお大尽の素姓がわかりやしたぜ」

「誰だい」

「鮫島出雲守、驚くなかれ、五千石の御大身ですよ」

「鮫島出雲……そいつはひょっとして、作事奉行じゃねえのか」

「ご名答、さすがは親方、よくご存じで」

「こちとら、文を届けるのが商売だからな。駿河台に住むお偉方の素姓くれえは、空で読み上げられるぜ」

「なあるほど」

「作事奉行が絡んでいるとなりゃ、おおごとだな。どうりで、役人が井戸潰しに首を突っこんでこねえわけだ」

伝次の読みどおり、木曾屋藤左衛門は井戸潰しの御墨付きを得るべく、作事奉行を買収したのだろう。

「弱ったな」

口ではそう漏らしつつも、浮世之介はゆったりと構えている。

不思議におもい、伝次は質した。

「親方、何か策がおありで」

「ねえよ」

浮世之介は素っ気なく応じ、銀煙管を吹かす。

「このあいだから気になっているんですけど、その銀煙管どうしたんです」

「へへ、気になるかい。細工が凝っているだろう。これはな、何を隠そう、唐舟先生に戴《いただ》いたのさ」

「え」

「長崎土産だよ。真鍮《しんちゅう》に銀鍍金《ぎんめっき》を施した舶来品でな、見掛けだけじゃねえ。気に入ってるのは頑丈なところさ。ことに、この雁首のあたりがな」

浮世之介は煙草盆の縁に、かつんと雁首を叩きつける。

唐舟は銀煙管のことには触れず、独り言のようにつぶやいた。

「昨晩から、おみつは亭主と連絡《つなぎ》が取れねえらしい。あの亭主、莫迦なことをしなきゃいいがな」

おみつは袖で顔を隠し、肩を震わせた。

「杵築は……あのひとは、仙道さまの死を知ったにちがいありません」

留守居役の闇討ちという手に出るつもりかもしれない。

「わたくしはもう、武士の妻をやめたい。正太のためにも、できることなら、あのひとに生きながらえてほしいのです。されど、生きながらえるには、武士をやめるしかない。あのひとに、それはできません。生きている意味を奪うのと同じですから」

おみつの訴えは悲痛だった。

伝次は居ても立ってもいられず、鉄砲玉のように部屋から飛びだした。

十二

夕暮れ、伝次は凍てつく竪川《たてかわ》を猪牙で漕ぎすすみ、新辻橋の手前で左手に曲がった。南北にまっすぐ延びる水路は横川、本所の町屋を分断する川の中途には法恩寺橋が架かり、猪牙は東詰めの船寄せに舳先《へさき》を寄せていった。

陸にあがり、少し南へ戻ったところに、大名屋敷の海鼠塀《なまこべい》がみえた。屋敷の西側は水路に面しており、正面口は東側の往来をすすんだ途中にある。

やがて、棟門がみえてきた。

勝山藩の下屋敷にほかならない。

留守居役の倉島刑部が浜町河岸の上屋敷ではなく、本所の下屋敷を拠点にしていることは調べ済みだった。

お誂《あつら》えむきに今宵は、二軒茶屋で木曾屋と会うらしい。

となれば、倉島はほどもなく、棟門から外へ出てくるはずだ。

闇討ちを企む者であれば、この機を逃さずに命を狙うであろう。

降りはじめた雪は音もなく、下屋敷の甍《いらか》を白い衣で包んでいく。

伝次は塀際に積まれた天水桶《てんすいおけ》の陰に隠れ、左右の辻に目をやった。
「いねえな」
ほっと、白い息を吐く。
屋台蕎麦の軒行灯を探したのだ。
「田毎の月か、今宵は拝めそうにねえぜ」
空は黒雲に覆われ、日没がいつかも把握できない。
花弁《はなびら》のように舞いちる雪が、いっそう沈黙を深めた。
棟門は頑なに閉じたまま、開かれる気配すらもない。
留守居役は外出を控えたのかもな。
ふと、そうおもったときだった。
南端のほうで、辻番小屋の灯《あか》りがぽっと点いた。
心もとない灯りを背に抱え、見覚えのある浪人者がやってくる。
「うえっ、死神」
木曾屋の用心棒、漆原采女であった。
――これが釣鐘落としよ、ぬははは。
不気味な笑い声が、耳に甦《よみがえ》ってくる。

ぶるっと、伝次は身震いした。
と、そのとき。
棟門がぎぎっと開き、供人らしき用人ふたりが顔を出した。
つづいて、黒漆塗りの闇駕籠が陸尺《ろくしやく》どもに担がれて鼻先をみせる。
駕籠の人物は、留守居役にまちがいなかろう。
震えの止まらぬ伝次の耳に、間延びした蕎麦屋の売り声が聞こえてきた。
「そばぁうぃ」
「げっ、来やがった」
売り声は、北端のほうから聞こえてくる。
棟門は閉まり、闇駕籠は往来に全貌をあらわした。
もはや、蕎麦屋の売り声は聞こえてこない。
跫音《あしおと》がひとつ、ひたひたと迫ってきた。
蕎麦屋の親爺、いや、杵築与五郎だ。
「うぬっ、くせもの」
用人たちは身構え、闇駕籠は地に降ろされる。
と同時に、漆原采女が脱兎《だつと》のごとく駆けだした。

往来の南北から、ふたつの影が迫りくる。

まるで、陣風のようだ。

伝次は物陰から、首だけを必死に突きだした。

「奸臣《かんしん》め、成敗してくれる」

と、杵築が叫んだ。

死を覚悟した白装束に白鉢巻き、右手には管槍《くだやり》を提げている。

「ぬりゃ……っ」

気合一声、管槍の穂先が閃《ひらめ》いた。

「ぎぇっ」

用人ひとりが胸を刺され、血を噴きながら頽《くずお》れる。

「うえっ」

陸尺どもは腰砕けになり、散り散りに逃げてゆく。

「おのれ」

残った用人は一合交えたものの、穂先で首筋を裂かれ、もんどりうって斃《たお》れた。

闇駕籠は雪道に捨ておかれたまま、誰も出てこない。

留守居役は息を殺し、じっと隠れているのか。

「ぬふふ、そこまでだ」

駕籠の背後から、漆原がのっそりあらわれた。

右目のうえの酷い傷が、ひくひく動いている。

返り血を浴びた杵築は、管槍を青眼に構えなおした。

「おぬし、木曾屋の用心棒だな」

「そっちは蕎麦屋の親爺か。どうりで、怪しいとおもうたわい」

「材木商の飼い犬が、どうしてここにおる」

「知りたいか、むふふ」

漆原は二、三歩後ずさり、駕籠をどんと蹴倒した。

駕籠はゆっくりかたむき、ずさっと横倒しになる。

「何と」

誰も乗っていない。

「どこかの阿呆が死に急ぐやもしれぬ。そうおもうてな、罠《わな》を張ったのさ。ふふ、見事に掛かりおったわ」

「くっ」

「仙道勘右衛門とか申す横目付同様、おぬしも苦しませずに葬ってやろう」

「させるか」

杵築は管槍をしごき、えいとばかりに踏みこんだ。

「ひょう……っ」

獣のような奇声が響き、漆原の刃《やいば》が一閃《いっせん》する。

つぎの瞬間、管槍の口金がふたつに断たれた。

「なにっ」

杵築は狼狽え、必死に間合いから逃れていく。

「ぬははは」

漆原は呵々《かか》と嗤った。

「鈍刀《なまくら》を抜くがよい。つぎは小手を失う番ぞ」

ふたりの間合いは、じりっと詰まった。

伝次はといえば、逃げ腰で眺めている。

どう逆立ちしても、杵築に勝ち目はない。

だが、手助けする胆力も力量もなかった。

「こんちくしょうめ」

杵築が斬られるのを、漫然と眺めるしかないのか。

両拳を固く握りしめた瞬間、誰かにぽんと肩を叩かれた。

「うわっ」

振りむけば、浮世之介が鼻先に立っている。

「お、親方」

「どうでえ、蕎麦屋の親爺はまだ生きているかい」

「へい、でも、だめだ、もういけねえ」

「そうかい」

綿のはいった袖が、ふわりと鼻面を撫でた。

気づいてみれば、浮世之介は横倒しになった駕籠脇まで達している。

「親方、待ってくれ」

伝次は必死に追いかけた。

すでに、漆原と杵築は気づいている。

ふたりとも、闖入者《ちんにゅうしゃ》に戸惑った顔だ。

「何者だ、おぬしは」

漆原に質《ただ》され、浮世之介は鬢《びん》を掻いた。

「狢亭の狢でやんす」

「ふざけやがって、蕎麦屋の仲間か」

「仲間じゃありやせんよ」

「じゃあ、何だ」

「客さ。田毎の月の蕎麦は美味え」

「ふん、妙な野郎だ」

漆原は、にやっと口端を吊る。

「おぬしは今、どこに立っておるとおもう」

「さあね」

「地獄の縁だぞ」

「そいつは勘弁だな」

漆原の背後で、白装束が動いた。

「つおっ」

杵築が白刃を抜き、背後から斬りかかってゆく。

「猪口才《ちょこざい》な」

漆原は受け太刀から、強烈な袈裟懸けを繰りだした。

「ぬぐっ」

杵築は肩口を斬られ、片膝を折る。

白装束が、一瞬にして血で染まった。

「待ちな」

浮世之介は、低い姿勢で間合いを詰めた。

「おめえさんの相手はこっちだぜ」

「小癪《こしやく》な」

漆原は振り向きざま、小手を狙って斬りおとす。

ぶんと、刃風が唸《うな》った。

浮世之介の無防備な右小手が、すっぱり落とされる。

と、みえたが、そうではない。

足許に落ちたのは、棒切れだった。

袖口からすすっと、腕が生えてくる。

「なに」

漆原は眸子《みは》を瞠り、身を仰《の》け反らす。

「ほい」

浮世之介は、懐中に飛びこんだ。

「ぐふっ」

拳が深々と、鳩尾《みぞおち》に埋めこまれている。

漆原は前のめりに倒れ、額を雪道に叩きつけた。

白目を剝き、昏倒《こんとう》してしまったようだ。

刹那、棟門が勢い良く開かれた。

待ってましたと言わんばかりに、用人どもが躍りだしてくる。

「謀反人じゃ、それっ、捕らえよ」

何とか、逃げおおせる隙はあった。

「ほら、しっかりしやがれ」

浮世之介は傷ついた杵築を背負い、疾風となって走りだす。

伝次は必死に背中を追った。

逃げ足の速さには自信がある。

それでも、浮世之介の背中には追いつけなかった。

十三

浮世之介が終の棲家と定めた庵《いおり》は池之端《いけのはた》の西寄り、中島弁天社を見下ろす笹藪《ささやぶ》の奥にある。竹垣に囲まれた風情のある平屋で、玄関の扁額《へんがく》には「狢亭」とあった。

ひとまずはその隠れ家に逃げこみ、夜が明けるのを待った。

杵築与五郎の負った傷は深かったが、幸運にも命に別状はない。

妻女のおみつと一粒種の正太、それから、口中医の唐舟も呼びよせられた。

「うちの親方が助けにはいらなきゃ、いまごろはあの世行きさ」

伝次は自慢げに、唐舟に向かって一部始終を説いて聞かせる。

杵築は隣部屋で眠っており、おみつが付きっきりで看病していた。

腕白盛りの正太の面倒は、狢亭の家守《やもり》を任された香保里《かほり》がみている。

香保里は没落した旗本の娘だ。一目した男はみな、妖艶な容姿に惹《ひ》かれてしまう。

伝次もそのひとりだったが、高嶺《たかね》の花とあきらめていた。

悲惨な過去をもつ香保里にしてみれば、武士の妻を演じられぬおみつの気持ちは痛いほどわかるにちがいない。

唐舟のほかにもうひとり、白髪の好々爺《こうこうや》が招かれていた。

名は善左衛門、池之端仲町で筆硯《ひっけん》を商う文化堂の隠居だ。還暦を過ぎて良い老入《おい》れをしてからは、いっそう若々しくなった。狢仲間のなかでも屈指の大金持ちで、金儲《もう》けの手管に精通し、幕府の重臣から指南を請われるほどだ。お上の裏事情にも通じている。

文化堂の隠居がなぜ呼ばれたのか、伝次には見当もつかない。

浮世之介は帳簿を畳に置き、ぺらぺらと捲《めく》ってみせた。

「木曾屋の裏帳簿でござんす。杵築さんが後生大事にお持ちになっておられましてね、どうやら、亡くなった横目付の旦那がおみつさんに託されたものらしい」

「ほほう、これが」

従前から事情を聞いていたのか、隠居の善左衛門は裏帳簿を拾い、さっと目を通す。

帳簿には三年にわたって、日付、貸出先、貸金の額などが克明に記されていた。

「悪事を暴く証拠の品というわけじゃな」

勝山藩への貸付は金額が高いうえに頻度も多く、都度、留守居役の倉島へ賄賂が流れていたことを数字は物語っている。そればかりか、藩への貸付のなかに留守居役への貸付がふくまれているという信じがたい事実も明記されてあった。

浮世之介はつづける。

「ただし、こいつは本物じゃありません。横目付の旦那が苦労のすえ、写しとった代物でね」

「すると、原本はまだ木曾屋のもとにあるのじゃな」

「ええ、たぶん」

「原本と木曾屋の口書さえあれば、留守居役に腹を切らせることもできよう」

「ご隠居も、そうおもわれますか」

「ふむ、わしの長年の経験から推すと、そういうことになる」

右の言質を得るために、善左衛門は呼ばれたのかもしれない。

「留守居役は山伏の井戸潰しに関わっておる。調べてゆけば、作事奉行の不正にも繋がる一件じゃ。悪事の全容が表沙汰になったら、勝山藩の立場も危うくなりかねぬ。それを、あの者が望んでいるのかどうか」

善左衛門は、閉じられた襖《ふすま》に目をくれた。

襖の向こうでは、杵築与五郎とおみつが聞き耳を立てているにちがいない。

「表沙汰にできぬ。かといって、お殿様に直訴する術もなし、あの者、みつかれば謀反人として処罰されるのは必定じゃ。とにもかくにも、裏帳簿の原本を手に入れるのが先決じゃな」

　隠居は問うた。

「浮世どの、原本の在処《ありか》は」

「残念ながら、わかりません。それを知る人物はふたり、木曾屋本人と丸抜き屋の軍兵衛のみ」

「なるほど、丸抜き屋か」

　伝次が焦った調子で口を挟む。

「早く手を打たねえと、敵さん、こっちの素姓に勘づきやすぜ」

　誰ひとり、反応しない。

「丸抜き屋をどうにかしねえとな」

　と、唐舟が吐きすてた。

　がらっと、襖が開いた。

　敷居の向こうで、苦しげな杵築とおみつが平伏している。

「おいおい、どうしたってんだよ」

　と、伝次が声を荒らげた。

「も、申し訳ありません……お、おはなしを、お聞きしておりました」

杵築は顔をあげ、襟を正す。

「みなさまを巻きこんでしまって……な、何と申しあげたらよいか……しゃ、謝罪のいたしようもございませぬ」

「こうなっちまったもんは仕方ねえさ」

浮世之介は、暢気な顔で笑いかける。

「それより、おめえさん、藩に戻りたくはねえのかい」

「そ、それは」

杵築は口ごもる。

「やっぱし、戻りてえんだな。ま、仕方ねえや。糊《のり》の利いた羽織袴《はかま》も恋しかろうし、おみつさんにこれ以上、苦労をかけたくもなかろう。おめえさんの気持ちは痛えほどわかる。よし、わかった。おめえさんに手柄を立てさせてやろうじゃねえか」

すかさず、伝次が横から突っかかる。

「親方、そんな妙手があるんですかい」

「悪党の親玉をぎゃふんと言わせてやりゃいいのさ。ただし、闇討ちはだめだ」

「どうしてです」

「留守居役を安直に葬ったら、事はうやむやにされちまう。かといって、お上に疑われちゃならねえ。でえじな藩が潰されちまうからな。そこいらへんの匙《さじ》加減をまちげえちゃならねえが、そのめえに、丸抜き屋の連中をどうにかしなくちゃなるめえ」

杵築が顎《あご》を突きだし、膏汗《あぶらあせ》を滲《にじ》ませながら告げた。

「た、店だては明後日……そ、早朝より開始すると聞きました」

「おっと、そいつは急なはなしだ。でも、明日一日あれば何とかなりそうだな」

「何とかって、親方、何をなさるんで」

「罠を仕掛けるのよ」

「ほほう、罠ですかい」

伝次は、じゅるっと涎を啜る。

何やら、おもしろくなってきた。

十四

師走の風は地べたを覆う雪を舞いあげ、木戸一枚隔てた向こうの視界を遮っている。

それでも、丸抜き屋の手下どもは勇みたち、手に手に得物を掲げ、獣じみた喊声《かんせい》をあげながら踏みこんできた。

「やっちまえ、手当たり次第ぶっこわせ」

叫んでいるのは、もみあげの反りかえった馬面だ。まちがいない、荒くれどもを束ねる軍兵衛である。

「店子どもに遠慮することあねえ。そいつらは虫螻だ、裸にひん剝いて井戸に放りこんじまえ、ぬははは」

筒袖股引《ももひき》に手甲脚絆の喧嘩装束、丸抜き屋の親分は襷《たすき》掛けに鉢巻きまで締めている。

「妙だな」

下卑た悪党面に、ちらりと不安が過ぎった。

「どうも、静かすぎるぜ」

七世帯はまだ居残っていたはずだが、人の気配がまったくしない。

軍兵衛は木戸口を睨み、手下のひとりを怒鳴りつけた。

「大家を連れてこい」

「へい」

しばらくして、猿轡《さるぐつわ》を塡《は》められた男がふたり、後ろ手に縛られたまま、雪道を引きずられてきた。

間抜け面の手下が、顎をしゃくる。

「親分、木戸番小屋にこんな連中がおりやしたぜ」

「莫迦野郎、家主の源兵衛と大家の巳助じゃねえか。縄を解いてやれ」

「へい」

ふたりは縄を解かれ、猿轡も外された。

「沽券状《こけん》を……沽券状を奪われちまった」

源兵衛はそう漏らしたきり、雪のうえに蹲《うずくま》る。

一方の巳助は、事情を説明するだけの気力が残っていた。

「お、親分、何とかしてくれ」

「どうしたい、いってえ、誰に縛られた」

「唐舟です。家主さまを言葉巧みに呼びよせ、店の沽券状を奪いとり、わたしらを縛りやがった」

「入れ歯屋め、どこにいやがる」

軍兵衛が首を捻ったところへ、別の手下が駆けこんできた。

「親分、唐舟のやつが井戸の手前に座っておりやすぜ」

「おう、そうか」

「妙なことに、白装束で正座しておりやしてね、目のまえの三方に光るもんが置いてありやした」

「光るもの」

「へい、ひょっとしたら、そいつで腹を切る気じゃねえかと」

「ぬへへ、切羽詰まったあげく、しょうもねえ手に出たか」

軍兵衛は嘲笑《あざわら》い、肩を怒らせながら井戸のほうへ向かう。

三十人からの手下どもが集まり、遠巻きにして様子を窺っている。

唐舟は両目を瞑《つむ》り、むっつり押し黙っていた。

まるで、吹雪のなかで凍える石地蔵のようだ。

三方には、なるほど、小さ刀が置かれている。

「どきやがれ」

手下のつくる人垣が割れ、軍兵衛の馬面がぬっとあらわれた。

その気配を察し、唐舟が眸子をひらく。

「来たな、丸抜き屋」

「うるせえ。やい、入れ歯屋、何のつもりだ」

「みてのとおりさ。わしも武士の端くれ、この腹掻っさばいて、おぬしらに臓物を投げつけてやるわ」

「んなことをして何になる」

「わしの怨《うら》みが呪縛霊となり、この地に棲《す》みつくだろうさ」

「ふん、莫迦らしい。源兵衛から奪った沽券状はどうした」

「ここにある」

　唐舟は懐中に手を突っこみ、細長く折りたたんだ書面を取りだした。

「ふふ、こいつがなくては店と井戸の売り買いは認められぬ。その程度のことは、わしでもわかるぞ」

「わりいことは言わねえ。そいつを返えせ。何なら、買ってやってもいい」

「ちなみに、いくらだ」

「そうさな、五両、いや、十両でどうだ」

「何千両にも化ける井戸の沽券が、たったの十両かい」

「よし、それなら、三倍出そう」

「やめておけ、売る気はない」

「あんだと、おちょくりやがって」

　軍兵衛は目を剝き、ぷるぷる顎を震わせた。

「何でも金で解決できるとおもうなよ、ぬははは」

唐舟は豪快に嗤い、丸抜き屋の怒りを煽りたてる。

「欲しけりゃ、力ずくで奪ってみるんだな」

「望むところだ。おい、てめえら、あの熊野郎をぶっつぶしちまえ」

「合点だ、ふわああ」

鬨《とき》の声を沸騰させ、手下どもが雪上を駆けだした。

「こんにゃろ」

棍棒《こんぼう》だの大槌だの段平《だんびら》だのを掲げ、一挙に唐舟のもとへ殺到する。

つぎの瞬間、足許の雪が割れた。

どどどと地崩れが生じ、手下どもが地中に呑みこまれてゆく。

「のわああ」

落とし穴であった。

辛くも逃れた連中も左右に散った途端、別の落とし穴に落ちてゆく。

「うわっ、臭え、助けてくれ」

落とし穴は深く、自力で這《は》いあがるのは難しい。

しかも、肥え汁で満たされていた。

「な、何としたことだ」

軍兵衛は声を失い、ひとり呆然と佇んだ。

その背後に、何者かの気配が迫ってくる。

「うっ」

利き腕を捻りあげられ、軍兵衛は動くこともできない。

「だ、誰でえ」

「誰でもいいさ」

声の主は、浮世之介だ。

軍兵衛は襟首をつかまえられ、木戸口まで引きずられた。

「にゃろ、放せ、放しやがれ」

木戸口では、白装束の唐舟と伝次が待ちかまえていた。

ふたりのほかにも、最後まで踏んばった店子たちが輪をつくっている。

輪の中心では、後ろ手に縛られた源兵衛と巳助が死人のように項垂れていた。

「くそったれ、何しゃがんでえ」

軍兵衛は、弱味をみせまいと息巻いた。

さすがに、修羅場を踏んできただけのことはある。

「おれに指一本でも触れてみろ、後悔することになっぞ」

「せいぜい、吼《ほ》えてな」

浮世之介は、小汚い鼻面を指で弾いてやる。

軍兵衛は柱に縛りつけられ、身動きひとつできなくなった。

背中の曲がったおかつ婆が、ひょこひょこ歩みよってくる。

「軍兵衛、おまえにゃずいぶんひどい目に遭わされた。仲の良かったお隣さんも、おまえのせいで出ていっちまった。凍てついた道端で野垂れ死んでいるかもしれぬ。それをおもうと、わしは夜も眠れなくなる。どうあっても、おまえだけは赦《ゆる》せぬ。わかるか、梅干し婆にも底意地ってもんがある」

おかつ婆は袂に隠した出刃包丁を逆手に握り、頭から突っこんでゆく。

「死にさらせ」

「うわっ」

包丁の尖端は軍兵衛の小脇を掠め、後ろの柱に突きささった。

「ば、婆《ばばあ》、危ねえだろうが」

「うひょひょ、的を外しちまったわい」

おかつ婆は満足したのか、背中を向けて離れた。

入れ替わりに、唐舟が髭面を寄せた。

「さあて、こっからが本番だ」

「あんだよ、この熊野郎」

やっとこが握られている。

鈍く光るものをみつけ、軍兵衛はじたばたしはじめた。

「やめてくれ、そいつだけはやめて……あぐっ」

唐舟は有無を言わせず、前歯をやっとこで挟んだ。

浮世之介が近寄り、耳元で囁いてやる。

「さあ、応えてもらおうか。木曾屋の裏帳簿はどこにある」

「じ、じらねえ」

首を振る軍兵衛の前歯が、やっとこで捻りあげられる。

「ひぇっ、い、痛え」

「どうなんだ、吐くんなら今のうちだぞ」

軍兵衛は涙目で頷いた。

これ以上、いじめるのはよしてくれと、目顔で訴えている。

唐舟は力を弛《ゆる》めた。

「よし、喋ってみな」

「わ、わかった……う、裏帳簿は、松本の女将が預かってる」

「松本、二軒茶屋のかい」

「そ、そうだ」

「女将の名は」

「ときわ」

伝次は、提灯を手にして船寄せに佇む妖艶な年増を浮かべた。

どうやら、女将は木曾屋藤左衛門の情婦《いろ》らしい。

浮世之介は、嘘偽りがないかどうか、軍兵衛の瞳を覗きこんだ。

「ほんとうかい」

「う、嘘じゃねえ、助けてくれ」

懇願するそばから、ばきっと鈍い音が響いた。

「おっと、手が滑った」

唐舟の握るやっとこには、折れた前歯が挟まっている。

「ぬへっ……ひ、ひゃあぁ」

軍兵衛は目玉をひっくり返し、鶏が絞められたような悲鳴をあげた。

と、そこへ。

黒羽織に小銀杏髷の役人が、遅ればせながらやってくる。

浮世之介は黙ったまま、軽く会釈してみせた。

後始末は頼む、とでも言いたげだ。

タネを明かせば、役人には法外な袖の下を渡してある。

金の出所は浮世之介ではなく、文化堂の隠居であった。

十五

長崎土産の銀煙管を吹かしながら、浮世之介はうそぶいた。

「毒をもって毒を制す」

富岡八幡宮の裏堀に小舟を寄せ、伝次は陸にあがった。

夜になれば、一段と冷える。爪先まで凍りつきそうだ。

軍兵衛を絞めあげ、裏帳簿の在処を吐かせた。

丸抜き屋の一味がお縄になったことを知り、木曾屋藤左衛門と留守居役の倉島刑部は善後策を練ろうとするにちがいない。

予想どおり、ふたりが顔を突きあわせたところは「松本」だった。

女将のときわは評判の美人、浮世之介も面識があるらしい。
「元は吉原の花魁《おいらん》でな、艶っぽくて賢い女将さ」
親密かどうかは知らない。知りたくもない。
どうせ、影聞き風情には高嶺の花だ。
ひねくれた伝次の関心は、悪党どもをぎゃふんと言わせることにある。
課された役目は、ときわが預かっている裏帳簿を盗むことだ。
「でえじなところに隠してあるにちげえねえ」
困難な役目だった。
浮世之介には、女将から目を離すなとだけ命じられている。
伝次は下足番の小者に化け、勝手口から堂々と踏みこんだ。
ちょうど五つ刻で、料理人や仲居はてんてこ舞いの忙しさだ。
下足番風情に関わっている暇はない。
これ幸いと、座敷に通じる廊下へ忍んだ。
一階の奥まですすみ、大階段から二階にあがる。
酔客がふらつきながら、厠のほうへ向かっていった。
三味線の音色とともに、芸者たちの嬌声《きょうせい》も聞こえてくる。

「……年はとっても浮気はやまぬ、やまぬはずだよ先がない、あそれ」
都々逸《どどいつ》を唄う男の声には、聞き覚えがあった。
「親方だな」
二階の奥座敷だ。
滑るようにすすむ。
開けはなたれた襖の向こうでは、幇間《ほうかん》が都々逸を唄いながら踊っている。
白塗りだが、まちがいない。
浮世之介であった。
上座には鬢の白い偉そうな侍が座り、女将のときわが酌をしている。
隣では、でっぷり肥えた商人が、顎に垂れた肉を震わせながら笑っていた。
木曾屋藤左衛門にほかならない。
伝次は下座に目をやった。
用人らしき月代頭がふたつ、仲良く並んで座っている。
こちらに酌をするのは、格落ちの芸者たちだ。
みたかぎり、用心棒の漆原采女はいない。
先日の失態以後、すがたを消してしまった。

木曾屋に愛想を尽かされたにしても、油断はできまい。

蛇のように執念深い野郎だ。借りは返そうとするにちがいない。

命を狙われるのは、楽しげに幇間を演じている浮世之介なのだ。

ともかく、今は裏帳簿をみつけねばならぬ。

伝次は廊下の暗がりに隠れ、ときわの様子をじっくり窺った。

酌をされる倉島は扇子で口を隠し、時折、不安げな眼差しを投げかける。

木曾屋はこれを受け、任せておけとでも言わんばかりに、ぽんと胸を叩いた。

会話は聞こえずとも、相談の中味を描くことはできる。

悪党どもにしてみれば、作事奉行の線から奉行所に圧力を掛けさせ、一刻も早く、丸抜き屋の一味を解き放ちにさせねばなるまい。そして間髪を容れず、源兵衛店を潰し、後顧の憂いなく年を越したいはずだ。

「ふん、させるかよ」

木曾屋がときわを呼び、何やら耳打ちをした。

ときわは真剣な顔で頷き、倉島に挨拶を済ませる。

密談がはじまるのだろう。

ときわは芸者たちを引きつれ、畳を滑ってくる。

幇間に化けた浮世之介は、いつのまにか宴席から消えていた。

ときわは廊下に出ると襖を閉め、高価そうな着物の襟をきゅっと寄せ、衣擦れともども遠ざかってゆく。

伝次はそっと、背中を追った。

擦れちがっても、咎《とが》める者はいない。

居るのがあたりまえのような顔をしておけば、たいていは切りぬけることができる。

誰かに咎められたら、尻尾を巻いて逃げればよいだけのはなしだ。

へっつい直しのこそどろだった時分に培った対処法にほかならない。

ときわは客間を離れ、勝手口の二階にあたる仏間へやってきた。

廊下の左右を窺い、襖をすっと開けて後ろ手に閉める。

「なるほど、仏壇か」

隠すには、もってこいのところだ。

それと察し、自然に笑みが漏れた。

と、そのとき。

何やら、騒がしい声が聞こえてきた。

「火事だ、火事だ」

誰かが二階の廊下を駆けながら、触れまわっている。

耳を澄ませば、都々逸を唄った幇間と同じ声だ。

浮世之介である。

「あいつ、何やってんだろうな」

すっと襖がひらき、ときわが顔を出した。

「火事だ、火事だぞ」

その叫び声を聞き、急いで仏間に引っこむ。

この機を逃すまいと、伝次も仏間に飛びこんだ。

「うえっ」

ときわが位牌《いはい》を胸に抱き、般若《はんにゃ》の形相で振りむく。

「誰だい、おまえ」

「へ、新入りで。女将さん、火事ですぜ、早く逃げねえと」

「火元はどこだい」

「勝手場ですよ、この真下だ。釜茹でにされるめえに逃げやしょう」

「ちょいと、お待ち」

ときわは先祖の位牌を畳に抛り、白い腕を伸ばして仏壇の裏を探った。

伝次が惚《とぼ》けた声を掛ける。

「女将さん、何かでえじなものでもお探しですかい」

「余計なお世話だよ、あっちへお行き」

「そうは烏賊の塩辛だぜ」

伝次はすっと身を寄せ、ときわの背中を蹴りつける。

ときわは仏壇の角に額をぶつけ、気を失ってしまった。

「おっと、すまねえな」

仏壇の裏をまさぐると、油紙にくるまった何かに触れた。

「当たり」

裏帳簿だ。

伝次は油紙ごと懐中に仕舞い、何食わぬ顔で部屋を出た。

十六

火事騒ぎは狂言とわかり、外に避難していた客たちは座敷に戻った。

鼻白んで茶屋を離れる者が相次いだが、木曾屋はそわそわした様子で家に帰る素振りもみせない。

「女将はどうした、どこに行った」

裏帳簿のことが案じられてならないのだ。

木曾屋の様子を疑いの眸子でみつめるのは、倉島刑部であった。

みずからを窮地に陥れる裏帳簿の存在など、当然のごとく知らなかった。

ところが、厠に立ったとき、耳元で何者かに囁かれた。

「あんたを陥れる裏帳簿がある。嘘だとおもうんなら、裏切り者の木曾屋に聞いてみな」

はっとして振りむいたときには、誰もいなかった。

狐《きつね》の仕業かとおもったが、疑心暗鬼にさせられた。

狐の正体は浮世之介である。

倉島はついに我慢できず、木曾屋に質した。

「おい、わしを裏切っておらぬだろうな」

「藪から棒に、何を仰います」

「裏帳簿のごときものは、よもや、あるまいな」

「滅相もない。倉島さまと手前は蜜月の間柄、天地がひっくり返っても裏切ったりなどいたしませぬ」

「そうよな。ふっ、疑ってわるかった」

「倉島さま、ささ、験直しとまいりましょう」

木曾屋は膝を寄せ、みずから酒を注ぐ。

と、そのとき。

すっと襖が開き、白塗りの幇間が登場した。

浮世之介である。

「ん、何じゃ、おぬしは」

「みてのとおり、さきほどの幇間にござりますよ。今宵はお寒うござりますな」

「呼んでおらぬぞ。消えろ」

「ときわ女将のお言伝《ことづて》を」

「女将だと」

「はい。今も仏間に隠れておいでで、こんなものを預かりやした」

浮世之介は、懐中から裏帳簿を取りだした。

「何やら貸付帳のようでして、勝山藩の倉島刑部さまにうん千両の貸しがあるとかどうとか、ほれ、ここにはっきりと記されてござりますが」

「何じゃと」

倉島は眸子を血走らせ、ぐっと帳簿を睨む。

木曾屋藤左衛門が蒼い顔で叫んだ。

「返せ、それを返せ」

「そういうわけにゃいきやせん。この裏帳簿は、勝山藩の御目付にお届けしなくちゃならねえ。でなきゃ、死んだ仙道勘右衛門さまが浮かばれめえ」

「おぬし、何者じゃ」

倉島は立ちあがり、床の間の刀掛けに手を伸ばす。

「おっと、やる気かい。こっちの素姓なら、木曾屋に聞いてくれ」

「なにっ」

倉島は抜刀し、鞘《さや》を捨てた。

白刃を木曾屋の鼻先に向け、憤然と脅しあげる。

「木曾屋、応えろ、こやつは何者じゃ」

「知りません。手前にはまったく」

「嘘を吐くな」

きらりと、刃が光った。

「ひぇっ、お待ちを」

「何を待つ。あやつが裏帳簿を携えていることが何よりの証し、おぬし、わしを見限るつもりじゃったな」

「めめめ、滅相もないことでございます。倉島さま、手前には何のことやらさっぱり」

浮世之介はやおら立ちあがり、執拗《しつよう》に倉島の怒りを煽りたてる。

「あっしは何を隠そう、木曾屋の旦那に雇われた破落戸《ごろつき》だ。いざとなったら、この裏帳簿で倉島刑部を強請《ゆす》るように命じられたがな、危ねえ橋を渡らせるわりにゃ見返りが少ねえ。恨みを募らせたあげく、こんなことになっちまったのよ」

「ぬわに」

倉島の顔は、赤鬼に変わった。

「木曾屋、成敗してくれる」

「ご、ご勘弁を」

頭上高く振りあげられた刀が、拝み打ちに落とされた。

「のひぇ……っ」

木曾屋は月代をふたつにされ、血を噴いて俯《うつぶ》した。

と同時に、別の襖が開き、杵築と伝次が踏みこんでくる。

返り血を浴びた倉島は刀を提げ、眉根を怒らせた。

「おぬし、杵築与五郎か」

「おひさしぶりですな、倉島さま」

「こんなところで、何をしておる」

「倉島さま、悪事の露顕を阻むべく、仙道勘右衛門の殺害を命じられましたな。もはや、言い逃れはできませぬぞ。仙道どのが命懸けで写した裏帳簿の原本と、木曾屋の屍骸《むくろ》があれば、倉島さまの犯した罪は動かし難いものとあいなりましょう」

「ふん、藩を捨てた虫螻が何をほざく」

「仰せのとおり、虫螻には何ひとつできませぬ。それゆえ、仙道どののご同僚をお連れいたしました」

「なに」

杵築は振りむき、何者かの名を呼んだ。

「まいられい、祖父江左門《そぶえさもん》どの」

大柄の役人が、襖の陰からのっそり顔を出す。

「ん、おぬし」

倉島は狼狽えた。

祖父江左門の父は、勝山藩の筆頭目付にほかならない。

杵築は凛然と言い放つ。

「祖父江どのは、仙道どのと通じておられました。秘かに、倉島さまの行状を探っておったのです。もはや、これまで。さあ、腹を召されよ」

「小癪な」

倉島は一歩踏みだし、血の滴った刃を振りむける。

「望むところ」

杵築も腰の刀を抜いた。

「待ちやがれ」

浮世之介が斜め横から、つっと身を寄せた。

倉島の刀を扇子で弾くや、当て身を食わす。

「うっ」

倉島刑部は白目を剝き、棒のように倒れた。

「されば、後始末はこちらで」

祖父江左門が、淡々とした口調で言う。

杵築の歯軋りが、聞こえてくるようだった。

みずからの手で、成敗したかったにちがいない。

が、それをすれば、武士の一分はたっても、藩の重臣を殺《あや》めた罪からは免れない。

「こんな野郎と、何も刺し違えることはねえさ」

浮世之介は漏らし、杵築に笑いかけた。

ときをおかず、倉島には切腹の沙汰が下りる。

「まだ、終わったわけじゃねえ」

と、浮世之介はつぶやいた。

十七

裏帳簿には、作事奉行鮫島出雲守への法外な賄賂の額も明記されてあった。

いずれも店だてに絡んだもので、一件や二件の数ではない。沽券状の持ち主が一覧のかたちで列記されてあり、各々の裏付けを取るのは容易だった。

ただし、特定の商人に便宜を図ることは、重臣ならば誰でもやっていることで、出雲守にかぎったはなしではない。

ゆえに、浮世之介は悪事を追及せず、実を取ることを選んだ。木曾屋の裏帳簿を盾に、山伏の井戸を保持するとの約束を取りつけ、出雲守自身が隠居することで手を打ったのだ。

「これにて一件落着、めでたし、めでたしってわけか」

伝次はしかし、手放しでは喜べない。

死神の影が、まとわりついて離れないのだ。

師走、十五日。

富岡八幡宮に歳《とし》の市が立った日の夕刻、恐れていたことが起こった。

門松に注連《しめ》飾り、橙《だいだい》に海老に御神酒徳利など、八幡宮の境内には正月の縁起物を売る香具師《やし》の売り声が飛び交っていた。

空は薄暗く、いろんな色の顔料を混ぜて塗りたくったような雲が流れている。

伝次は市の喧噪《けんそう》に紛れ、つかのま、不吉な予兆を忘れたが、参道から離れて立ち小便に向かったさきで、背筋の凍るおもいをした。

「おい、どぶ鼠」

声の主は葉の枯れ落ちた木陰から、刺すような眼差しを投げかけてきた。

「うえっ」

死神だ。

蛇に睨まれた蛙《かえる》のごとく、伝次は固まった。

「虫螻に用はない。団子髷の阿呆はどこにおる」

「え」

「兎屋だよ。ここ数日、へっつい河岸にすがたをみせぬ。いったい、どこに雲隠れしておるのだ」

「い、池之端の……む、狢亭でやんす」

伝次は口ごもりながらも、正直に白状した。

言わねば斬られる。そう、察したからだ。

気づいてみれば、死神の気配はない。

伝次はその足で、狢亭にすっ飛んでいった。

ところが、八幡宮での経緯を告げても、浮世之介は暢気に構えている。

「ひとに恨みを買っちゃいけねえ。後々、面倒なことになる」

平然とうそぶき、縁側に座って雀に餌を与えはじめた。

そして。

日没から数刻ののち、漆原采女があらわれた。

死神の跫音を察し、浮世之介のほうから出向いたのだ。

ふたりは、狢亭のそばにある笹藪で対峙《たいじ》した。

冬枯れの藪は雪に覆われ、灌木《かんぼく》が随所から突きだしている。

漆黒の空を、満月が皓々《こうこう》と照らしていた。

見物人は伝次ひとり、周囲に人影はない。

白い羽織の袖を靡《なび》かせた浮世之介に対して、漆原は濡れ鴉《がらす》色の着物を羽織っている。

白と黒の対比は鮮やかで、もうすぐ血の赤がくわわるのかとおもえば、伝次は身震いを禁じ得なかった。

浮世之介はいつもどおり、何ひとつ得物を手にしていない。

団子髷には銀簪一本、腰帯には長崎土産の銀煙管ひとつ、白地の羽織の背中には墨文字で「お気の毒さま」と大書されてあった。

「ふん、おちょくりやがって」

漆原は刀も抜かず、大胆に間合いを詰めた。

「吠《ほ》え面を掻かせてやる」

雪道に足跡が点々とつづいた。

両者の間合いは、三間もない。

「おい、兎屋。おぬしが丸腰でも、わしは遠慮せぬ。それにな、先回のような小細工は通用せぬぞ」

「承知しやした。正々堂々とめえりやしょう」

「いい度胸だ、一刀両断にしてくりょう。くわっ」

豁然《かつぜん》と眸子を瞠り、獣と化した男が牙を剝いた。

「ぬりゃ……っ」

抜き際の一撃は、肩口を狙った逆袈裟だ。

咄嗟《とっさ》に躱《かわ》したところへ、小手打ちがきた。

「おっと危ねえ」

浮世之介は袖の内に両手を引っこめ、大名行列の毛槍奴《けやりやっこ》よろしく袖を振る。

つぎの瞬間、綿の詰まった右袖が断たれた。

手首のほうは、何とか無事のようだ。

「躱したな」

漆原は休む暇を与えない。

中段から突きかかるとみせ、上段斬りを仕掛けてきた。

「ふえ……っ」

狙いは頭蓋、峻烈《しゅんれつ》な太刀行きだ。
刃が煌《きら》めきながら、落ちてくる。
刹那、浮世之介は右脚を蹴りあげた。
脚は頭上まで一直線に伸び、がしっと刃を食いとめる。
唸りをあげて振りおろされた刃は、鉄下駄で弾きかえされた。
「ぬうっ」
漆原は両手の痺《しび》れを怺《こら》え、柄《つか》を握りなおす。
すかさず、浮世之介が動いた。
地を這うように身を寄せる。
「はっ」
跳んだ。
鉄下駄がふたつ、雪上に残された。
「のわっ」
見上げれば、二間近くも跳躍している。
しかも、浮世之介は満月を背にしていた。
蒼褪めた月光に、死神は双眸《そうぼう》を射貫《いぬ》かれる。

それでも気合いを込め、刃を天に突きあげた。

「くりゃ……っ」

手応えはあった。

が、それは「お気の毒さま」と書かれた羽織だった。

つぎの瞬間、頭蓋のまんなかに、銀煙管の雁首がめりこんだ。

「ぬへっ」

鼻血を撒《ま》きちらしながら、漆原采女は灌木の脇に倒れこむ。

倒れこんださきには不運にも、殺《そ》ぎ竹の尖端が突きでていた。

ぐさりと刺さった尖端は、漆原の左胸から背中に突きぬけた。

「うわっ……や、やった」

伝次はふらつく腰つきで歩き、右袖の断たれた白羽織を拾いあげた。

浮世之介の背中に近づき、濛々と湯気の立ちのぼる肩に掛けてやる。

殺ぎ竹に刺さった屍骸は、元結《もっとい》の解けた蓬髪《ほうはつ》を風に靡かせていた。

「お気の毒さま」

浮世之介は憐憫《れんびん》を込めて漏らし、ついでに経を唱えた。

十八

冬うらら、遅咲きの山茶花《さざんか》日和とでも言うのだろうか。

蒼穹《そうきゅう》には一朶《だ》の雲さえもない。立冬を過ぎたばかりのころ、褒美のように訪れた春めいた陽気をおもいだす。

浜町河岸には、つがいの鴛鴦が浮かんでいた。

「この陽気だ。人間さまも眠くてしょうがねえや」

伝次は一升徳利をぶらさげ、馴染んだ裏長屋に向かった。

かつて、源兵衛店と称した長屋は名を変え、今は善左衛門店と呼ばれている。

善左衛門とは、誰あろう、文化堂の隠居にほかならない。

浮世之介の口利《いわ》きで、源兵衛から沽券状を安く買ったのだ。

源兵衛は曰く付きの店を重荷に感じており、一も二もなく売却に応じた。

丸抜き屋に潰された一棟は、年明け早々に建てなおされる予定らしい。

すでに、井戸替えは済み、元どおりの名水が復活を遂げていた。

それに歩調を合わせたかのごとく、新しい店子たちが集まってきた。

木戸口からは、賑《にぎ》やかな豆太鼓が聞こえてくる。

「さっさござれや、さっさござれや、せきぞろえ、せきぞろせきぞろ……」

みすぼらしい恰好の節季候が三人、剽軽《ひようきん》に踊りながら囃《はや》したてていた。

「……まいねんまいねん、まいとしまいとし、旦那の旦那の、お庭へお庭へ、飛びこみ飛びこみ、跳ねこみ跳ねこみ」

おかつ婆が木戸番小屋から顔を出し、小銭をめぐんでいる。

節季候たちは静かになり、とぼとぼ雪道を遠ざかっていった。

「婆さま」

「おや、影聞きの兄さんか。みたかい、節季候だよ、年の暮れだねえ」

「ああ」

「そのお酒、何やら景気が良いじゃないか」

「井戸替えが無事に終わった祝いさ」

「そうかい、嬉しいね」

「ひょっとして、婆さまが木戸番になったのかい」

「そうだよ。ここで子どもたち相手に、焼き芋でも売ろうとおもってね」

「焼き芋か、そいつはいい」

「店子もどんどん集まってくる。なかには、丸抜き屋から端金《はしたがね》を貰って出ていった連中もいる。でもね、来るものは拒まずさ。人生、恨みっこ無しってのがいちばんだよ」

「なるほど、婆さまの言うとおりかもな」

「それからね、嬉しいはなしがひとつあるんだよ」

おかつ婆は口を窄《すぼ》め、くすっと笑う。

「ほう、何だい」

「おみつさんがね、橘町から越してくることになったのさ」

「え、するってえと」

「ご亭主もいっしょだよ。ふふ、ありゃ鴛鴦夫婦だね」

「婆さまがそうおもうんなら、まちげえねえな」

つがいの鴛鴦が、脳裏に浮かんでくる。

「親子三人で、仲良く暮らすらしいよ」

「そうかい、そいつはめでてえ」

杵築与五郎は武士をやめ、おみつの望みどおり、親子三人でつましく暮らすことにきめたのだ。これ以上、めでたいことはない。

「信州の蕎麦は、たいそう美味いらしいね」

「そりゃ、折り紙付きさ。歯ごたえがあってな、たぶん、江戸でいちばんさ」

伝次は、わが事のように胸を張る。

するとそこへ、大八車がやってきた。

車を牽《ひ》いているのは、兎屋の若い衆だ。

「よう、まゆげ、飛脚から車力に商売替えか」

「うるせえ。親方のところへ届け物だよ」

「親方の」

「唐舟先生のところさ」

「そうかい、親方も来てんのか。ところで、荷は何だ。おっと、菰樽《こも》じゃねえか」

「そんじょそこらの諸白《もろはく》じゃねえ。満願寺の下り酒だぜい」

「こりゃめえった。相伴に与《あずか》らしてもらおう」

伝次は大八車を押してやり、木戸の内へはいった。

洟垂れどもが歓声をあげ、わっと集まってくる。

そのなかには、見覚えのある正太の顔もあった。

「ぎ、ぎぇぇえ……っ」

突如、凄まじい叫び声が聞こえてきた。

唐舟のところからだ。

「ふへへ、抜かれた阿呆がまたひとり」

伝次は、さも嬉しそうにつぶやいた。

福寿草

一

正月早々、町奉行所による大掛かりな警動《けいどう》（手入れ）があった。

浅草の堂前から下谷広小路《したやひろこうじ》の周辺、さらに池之端から根津にいたる岡場所は根こそぎにされ、取り払いになった娼家は二百軒余り、捕縛された私娼および抱え主は五百人を超えた。

「お上が面目を保ったことになっちゃいるがな、そいつはちがう。警動逃れで得をした悪党もいる。おめえだよ、吉蔵《きちぞう》」

定町廻《じょうまちまわ》りの門馬丈一郎《もんまじょういちろう》はぎょろ目を剝《む》き、隣に侍《はべ》る酌女の肩を抱きよせた。

いろは茶屋の主人でもある吉蔵は、爺《じじ》とも婆《ばば》ともつかぬ皺《しわ》顔をかたむける。

「門馬さま、警動逃れなどと人聞きのわるい。なるほど、手前の営む茶屋十三軒はいずれも色茶屋にござりますが、この地は感応寺の御朱印地なれば官許の色里も同然、廻り方の旦那方にとやかく言われる筋合いはありませぬ」

「ふん、減らず口を叩《たた》きやがって。感応寺がどうしたって、あん」

「恐れ多くも、将軍家縁《ゆかり》の上野寛永寺三十六坊のひとつにござりますぞ」

「けっ、坊主の傘の下で、のうのうと生きのびやがって。わしら町方のみならず、朱印地を取り締まる寺社奉行の配下も、弥勒《みろく》の吉蔵にだけは手出しができねえ。なぜだかわかるか、おめえが闇の舞台を牛耳る顔役だからよ」

「ふふ、ご冗談を。手前のごとき年寄りに、どうして顔役なんぞがつとまりましょうや。門馬さま、今宵は御酒が過ぎますぞ。これ、あきの、ちと呑《の》ませすぎじゃ」

あきのと呼ばれた酌女は、まだ年若い。

勝ち気な面構えをしており、町方の同心にさえ媚《こ》びを売ろうとしなかった。

どうやら、そこが門馬のお気に入りらしい。

――何なら、褥《しとね》をともにさせやしょうか。

吉蔵は冗談半分で言ったこともあったが、門馬は乗ってこなかった。

理由はただひとつ、あきのが吉蔵の愛娘《まなむすめ》だからだ。

「ふん、酔うてなどおらぬわ」

「されば、なにゆえ、執拗《しつよう》にからみなさる」

「ちと、物入りでな」

「ほほう、そういうことでしたら、早く仰《おつしや》ってくだされればよいのに」

吉蔵はにっこり微笑《ほほえ》み、涼しげな顔で聞き返す。

「いかほど、ご入り用で」

「そうさな、五十両もあればよい」

太々《ふてぶて》しい同心の顔が、狡猾《こうかつ》な狐《きつね》の顔に変わった。

ぽんと、吉蔵は膝を打つ。

「ようござりましょう」

「貸してもらえるのか」

「ご返済にはおよびませぬ」

「ほう、なぜ」

「どうせ、返す気もござりますまい」

「ふふ、一本取られたな。ま、おめえといろは茶屋のことは、この門馬丈一郎に任しときな。わるいようにはしねえ」

「どうか、よしなにお願い申しあげます」

吉蔵は丁重に頭を下げ、酌をしてやれと、あきのに合図する。

「ありがてえ、吉蔵よ、おめえの顔が菩薩《ぼさつ》にみえるぜ」

「門馬さま、手前が弥勒と呼ばれる真の理由、どうやら、おわかりではございませぬな」

「梅干し婆みてえな顔だからじゃねえのか、ほかに理由なんぞあんのけえ」

「いずれ近いうちに、お教えいたしやしょう。では」

吉蔵は席を立ち、音もなく消えた。

入れ替わりに、若い衆が三方を抱えてあらわれた。

「門馬さま、喜代治《きよじ》にごぜえやす」

「おう、そうか」

「どうぞ、お見知りおきを」

「つまらねえ若僧の顔なんざ、すぐに忘れちまうよ」

「あっしの顔は忘れても、この痣《あざ》だけは忘れますめえ」

喜代治の右頬には、小判大の痣があった。

「さ、どうぞ」

三方を覆った袱紗《ふくさ》を除《ど》けると、小判が山積みになっていた。

門馬は小判を袱紗に包んで懐中に入れ、やおら腰をあげる。

「長居は無用だ」

大小を閂《かんぬき》差《ざ》しに差し、ぽんと三方を蹴りつける。

三尺横縞《よこじま》の博多《はかた》帯には、朱房の十手《じって》が挟まっていた。

「あばよ」

あきのは身じろぎもしない。

まるで、張り子の菊人形だ。

肌が白く、笹色紅《ささいろべに》は艶《つや》めいている。

門馬にはしかし、ちょっかいを出す気など毛頭ない。

吉蔵の娘に手を出そうものなら、命がいくつあっても足りねえ。

それくらいの慎重さは携えている。

門馬は足早に廊下を渡り、葦簀《よしず》に囲われた玄関から雪のちらつく往来に出た。

正面に聳《そび》える塀の向こうは東叡山《とうえいざん》の御山内、左手に向かえば山谷堀《さんやぼり》、右手の芋坂を上れば谷中《やなか》の寺町にいたる。いろは茶屋の背後には、冬枯れた感応寺の境内が寒々と広がっていた。

「お役人さま、提灯《ちょうちん》を」

下足番の男が、家紋の無い小田原提灯に火を点《つ》けて寄こす。

門馬は黙って提灯を受けとり、暗い芋坂を上りはじめた。

「亥刻《いのこく》を過ぎたか、ちと長居したな」

雪蒲団《ぶとん》の敷かれた坂道には人っ子ひとり見当たらず、狐狸《こり》のたぐいが出てきそうな感じだった。

が、門馬に恐れはない。

剣術と捕縄術には、並々ならぬ自信を持っている。

「ちょろいもんだ」

懐中に手を入れ、ずっしりとした重みを楽しんだ。

吉蔵に袖の下を強要したのは、これがはじめてではない。

この半年で三度目、金額も十両、三十両、五十両と釣りあげてやった。

「仏ならぬ、菩薩の顔も三度というやつだ」

次回は三月《みつき》ほど様子を眺め、一気に百両ほど吹っかけてやろう。

などと画策しながら、門馬は坂道を上りきった。

すると、道端に四つ手駕籠《かご》が一挺《ちょう》止まっている。

「ん」

頰被《ほおかぶ》りの駕籠かきが蹲《うずくま》り、煙管《キセル》を燻《くゆ》らせていた。

「おい、そこの駕籠かき」

呼びかけても返事はない。

門馬は警戒せずに近づいた。

「おめえ、ひとりか」

駕籠かきは振りむかず、大量の煙を吐いている。

「この野郎、耳が聞こえねえとみえる」

門馬は背中に手をまわし、十手の柄をつかんだ。

と同時に、駕籠かきが首を捻《ひね》った。

「うっ」

門馬はぎょろ目を瞠《みは》る。

駕籠かきの右頰には、小判大の痣があった。

喜代治か、なぜだ。

問いただす猶予もない。

しゅっと、七寸五分の刃が閃《ひらめ》く。

「て、てめえ……」

と言ったきり、門馬は声を失った。

のどぼとけの下がぱっくり開き、しゅっと鮮血が噴きだす。

信じられないといった顔で、門馬は自分の血を睨《にら》みつけた。

喜代治は返り血を上手《うま》く避《よ》け、するりと背後にまわりこむ。

錆《さ》びついた声で、門馬の耳元に囁《ささや》いた。

「弥勒の吉蔵が微笑んだときは、命はねえものとおもえ。人間欲を掻《か》いたら仕舞えだ、長生きはできねえ」

門馬丈一郎の懐中から、小判がばらばら落ちてきた。

喜代治は身を離し、黒羽織の背中をどんと蹴りつける。

「ざまあみやがれ」

小銀杏髷《こいちょうまげ》の屍骸《むくろ》が、道端の崖下に転がっていった。

二

正月十日、朝。

蔵開きと棚卸しを翌日に控え、商家はどこもかしこも落ちつかない。

へっつい河岸の川面《かわも》でも荷船が忙《せわ》しなく行き交い、荷役夫たちの荒っぽい声が桟橋周辺に飛び交っている。

兎屋の帳場では長兵衛だけがせっせと帳面を綴《と》じ、ほかに人影はない。

板間の端に置かれた炬燵《こたつ》では、野良猫どもが気持ちよさそうに居眠りしていた。

「へへ、ごめんよ」

影聞きの伝次が顔を出し、雪駄《せった》を脱いであがりこむ。

「お、三毛が一匹増えやがった」

伝次はそう言い、炬燵にごそごそ足を入れた。

「番頭さん、おちよのやつが拾ってきたのかい」

「ああ」

「親方は」

「さあな、この糞《くそ》忙しいときに、近所のがきどもと遊んでいるよ。戸板に乗って、雪山のうえから滑ったりしてな」

「へへ、あいかわらずの阿呆《あほう》だな。でも、その戸板滑りってのは、おもしろそうじゃねえか」

「何ならおめえも、阿呆仲間に名乗りをあげりゃいい」

長兵衛は気の無い顔で漏《も》らし、真新しい帳面に目を戻す。

「伝次よ、谷中の芋坂で同心殺しがあったんだってな」

「一昨日《おととい》の晩だろう、聞いたぜ。殺《や》られたな門馬丈一郎、十手を笠に着て威張りちらしていた野郎さ」

「おめえ、知ってんのか」

「天神の駒吉が、門馬の下で動いていたのよ」

「ふうん、おめえの天敵の飼い主だったたってわけか」

「せいせいしたぜ、駒吉の泣きっ面が目に浮かばあ」

「やめときな。ほとけが化けてでる」

「ふん、出るもんかい」

と言いつつも、伝次はぶるっと身震いした。

「伝次よ、いったい、誰が殺ったんだろうな」

「よっぽど腹の据わった野郎じゃなきゃ、十手持ちは殺れねえさ。しかも、門馬丈一郎は何たら流の免許皆伝だったらしい。殺った野郎は、ちっとやそっとの腕じゃねえな」

「警動絡みかい」

「ん、そういや、谷中一帯はお上の手入れがあったばかりだな」

「伝次よ、定町廻りなら警動に関わっていたはずだぜ」

長兵衛は帳面から目を逸《そ》らし、霜のまじった鬢《びん》を撫《な》でる。

「お縄にした悪党の仲間に恨みを買っちまったとか、そういうことじゃねえのかい」

「なあるほど、禿《は》げのわりにゃ鋭えな」

「こんにゃろ、禿げとどう関わりがある」

「ぬへへ、短気は損気。番頭さん、そいつは親方の口癖だ」

と、そこへ。

顎《あご》の長い飛脚が飛びこんできた。

「お、もう帰《け》えってきたのか。まだ朝っぱらだぜ」

眉をひそめる長兵衛に向かって、長い顎が突きだされた。

「お内儀《かみ》さん宛てに、急ぎの文を預かってめえりやした」

「誰から」

「いろは茶屋のご亭主で」

「いろは……もしや、弥勒の吉蔵かい」

「へい」

長兵衛は、表に「兎屋お内儀殿」と書かれた文を手渡された。

「それじゃ、あっしはこれで。別の届けがありやすんで」

「お、頼むぜ」

あごは黒渋塗りの葛籠《つづら》を担ぎなおし、雪催《ゆきもよ》いの空の下へ飛びだしてゆく。

押し黙る長兵衛の顔を、伝次が覗《のぞ》きこんだ。

「番頭さん、どうかしたかい」

「吉蔵は恐《こえ》え男だ」

「いろは茶屋の亭主なら、この目でみたことがあるぜ。よぼの爺《じじい》じゃねえのかい」

「そいつは、表向きの顔だ」

「裏の顔があんのか」

伝次は身を乗りだし、長兵衛は口をもごつかせる。

すると、そこへ。

凶兆でも察したかのように、浮世之介が戻ってきた。

「あ、親方。戸板滑りはどうでしたい」

「すすいのすいさ。あれはおめえ、凧《たこ》揚げや独楽《こま》回しなんぞより、おもしれえぞ」

浮世之介は両手を広げ、からだを斜めにさせて腰を屈《かが》め、戸板に乗って滑るまねをやってみせる。

扮装《いでたち》は正月らしい亀甲繋《きっこうつな》ぎの綿入れに松葉散らしの緋襦袢《ひじゅばん》、裾模様には梅竹をあしらい、帯の流水にも子亀を泳がせている。髪はいつもの団子髷に銀簪《ぎんさん》の横挿し、帯には舶来の銀煙管をぶちこみ、足には鉄下駄《てつげた》を履いていた。

年が明けても、何ら変わることがない。あいかわらずの傾奇者《かぶきもの》だ。

「親方、戸板に乗ってる場合じゃねえ」

長兵衛が、たしなめるように言う。

「じつは、お内儀に文が届きやしてね」

「文のひとつやふたつ、届いたところで驚くこたあねえだろう」

「それが、妙なやつからなもんで」

「妙なやつ」

浮世之介は長兵衛から文を受けとり、裏に返して差出人の名をみた。

「弥勒の吉蔵、はて、誰だっけな」

「いろは茶屋の元締めですよ、感応寺の裏手にある」

「そういや、葦簀掛けの色茶屋が何軒かあったな」

浮世之介は表の紙を外し、中味を目も通さずに抛《ほう》った。

「あっ」

迷いこんだ風が、文を板間の隅に飛ばす。

伝次が鼠《ねずみ》のように駆けより、文を拾った。

「お、何も書いてねえぞ。中味は真っ白だ」

「何だって」

長兵衛は伝次から、白紙の文を引ったくった。

「親方、どういうことでしょう」

浮世之介は素知らぬ顔で炬燵にはいり、三毛猫とじゃれあう。

そして、ぼそっとこぼした。

「脅迫状だな」

「げっ、きょ、脅迫状」

「白紙ってことは、そういうことじゃねえのかい」

「何で、お内儀が」

「さあな」

「どうします、親方」

「どうするかな」

「そんな、暢気《のんき》に構えているときですか」

目を剝く長兵衛の脇から、伝次が口を挟む。

「親方、ひとつ聞いても」

「ん、何だ」

「どうして、勝手に文をひらいちまったんです」

「おちよに頼まれているのさ。あいつは、ちゃんと字が読めねえ。だから、あいつ宛ての文はどうせ、こっちが読んでやることになる」

「ひょっとして、吉蔵もそのことを知っていたんじゃ」

「どうして、そうおもう」

「いえ、何となく」

「影聞きの勘かい」

「ええ、まあ」

「おめえの言うとおり、差出人が知っていたとすりゃ、おちよじゃなく、こっちとはなしがしてえのかもな」

「お会いなさるので」

と、長兵衛が口を尖《とが》らす。

「会っちゃならねえのかい」

「いえ、そういうわけじゃ……でも、お気をつけてください。吉蔵は裏の顔を持つ男だって、聞いたことがありやす」

「ほう、そうなのか」

浮世之介はむしろ、興味を惹《ひ》かれたようだった。

「親方、この一件、お内儀には」

「伝えずにおこう。ああみえて、おちよは心配性だからな。ふはは」

浮世之介は三毛猫ののどを撫でながら、陽気に笑ってみせた。

三

午後になり、雪がちらついてきた。

浮世之介のすがたは、千駄木にある。

団子坂の急な下りだ。

転べば泥団子ではなく、雪達磨《だるま》になる。

鉄下駄で坂を下り、寺町を過ぎて感応寺の門前までたどりつく。

さらに、横手を巡って芋坂の頂に立ち、浮世之介はふと足を止めた。

道端に屈み、雪の少ない木陰で枯れ枝を拾う。

枝先に鼻を近づけ、くんくんやりはじめた。

よくみると、枝先に黒い滓《かす》が付いている。

枝を拾った周囲にも、同じような滓は散らばっており、浮世之介はこれも指で摘《つま》み、匂いを嗅いだ。

「ふうん」

感心したように漏らし、道端から崖下を覗く。

雪上に突きでた灌木《かんぼく》の枝先に、黒い布切れがぶらさがっていた。

殺された同心の着ていた羽織の一部にちがいない。

浮世之介は襟を寄せ、芋坂を下りはじめた。

下りきったあたりに、葦簀掛けの茶屋が軒を並べている。

そのなかでいちばん立派な一軒に踏みこみ、浮世之介は案内を請うた。

「ここでお待ちを」

若い衆に言われ、表の上がり框《かまち》に腰を降ろす。

土間の片隅に目を留め、浮世之介は近づいた。

莚《むしろ》のうえに、乾燥させた黒い粒がばらまかれている。

これを摘み、匂いを嗅いでみた。

「同じだ。やっぱり罌粟《けし》の実か」

背中に声が掛かった。

「お客人、どうぞ、奥で亭主がお待ちかねです」

「お待ちかね、ほう、それはありがたい」

浮世之介は鉄下駄を脱ぎ、板間にあがる。

若い衆の右頬には、小判大の痣があった。

腰は低いものの、堅気の目つきではない。

「おめえさん、名は」

問いかけると、若い衆は顔もあげずに応えた。

「喜代治でごぜえやす」

「年はいくつだい」

「二十七で」

「もっと若いのかとおもった。ここは長いのか」

「物心ついたときから、ここにおりやす」

「弥勒の吉蔵は親代わりってわけだ」

「お客人、どうぞこちらです」

喜代治は襖《ふすま》をひらき、浮世之介を差しまねく。

部屋に一歩踏みこんだ途端、殺気のようなものが膨《ふく》らんだ。

それも一瞬のことだ。

年老いた男が、獅噛《しがみ》火鉢の向こうに座っている。

背中の襖が閉まり、浮世之介は吉蔵と対峙《たいじ》した。

「ほう、おまえさんが兎屋の旦那かい」

吉蔵は鉄火箸で炭をほじくり、三白眼で睨《ね》めつける。

「そうでやんすよ」

浮世之介は畳に胡座《あぐら》を掻き、髷の銀簪を抜いて耳をほじくりだした。

「ふほほ、こりゃ、噂《うわさ》どおりの傾奇者だ。足抜け女郎を女房にするってのもわかる」

「そいつは、どういう意味で」

「おちよのことさ。とぼけるんじゃねえ」

「おちよが足抜け女郎だと仰る。そいつは、はじめてお聞きしましたよ」

「なら、教えてやろう。あの娘は三年半前、おれんところに売られてきた。上州の片田舎でとれた水呑《みずのみ》百姓の娘さ。山女衒《ぜげん》が五両で買ってな、おれに十両で売りやがった。年は十六だが、磨けば光る上玉だ。損な買い物じゃねえとおもった」

吉蔵は自分だけ抹茶を啜《すす》り、乾いた舌を濡《ぬ》らす。

浮世之介は、抹茶の入った黒楽茶碗《らくぢゃわん》に目を吸いつけた。

「はなしの腰を折ってすみませんが、そいつは長次郎の黒楽じゃござんせんか」

「ほう、おめえに楽茶碗の善し悪《あ》しがわかんのかい。でもな、今は茶碗のことなんざ、どうだっていいんだ」

「おちよのはなしでやんしたね」

「そうよ。お得意さまに水揚げをしていただく、めでてえ晩のことだった。よりによってその晩に警動があってな、おれのいろは茶屋も網に掛かった。おちよのやつ、騒ぎに乗じて足抜けをしやがったのさ。強運な娘だぜ。幾月も捜したが、いっこうに足取りはつかめねえ。仕舞えにゃどっかで野垂れ死んだにちげえねえと、あきらめるしかなかった。ところがどっこい、手下の喜代治がたまさか、へっつい河岸で見掛けたのよ。つい、こねえだのことさ。おちよは派手な正月衣裳《いしょう》を纏《まと》い、いそいそと恵方詣《まい》りに向かうところだったらしい」

喜代治は兎屋を何日か張りこみ、内儀がおちよにまちがいないことを確信した。

「おちよのやつ、江戸でのうのうと暮らしていやがった。しかも、暢気な顔で飛脚屋の女房なんぞにおさまってな。もうわかったろう、おめえを呼んだ理由が」

ぐっと睨みつけられ、浮世之介は肩をすくめた。

「いいえ、いっこうに」

「わからねえのか」

「わかりやせんね」

「おちよの素姓を聞いても驚かねえのか」

「ええ、ぜんぜん」

「肝の太え野郎だ。ひょっとして、おめえ、堅気じゃねえのかい」

「堅気でやんすよ」

「だったら、足抜けの落とし前、どうつけてくれる」

凄《すご》まれても、とぼけてみせる。

「藪《やぶ》から棒に白紙の文を送りつけられ、はいそうですかごもっとも、相応の身請金をお支払いいたします、というわけにも」

「いかねえってのか」

「ええ」

「だったら、おちよのからだにでも聞いてみるかな」

「拐《かどわ》かすおつもりで」

「おつもりだよ、いけねえのかい」

「感心しやせんね。おめえさん、その年で力んでも、透かしっ屁《ぺ》しか出てこねえよ」

「あんだと、こら」

吉蔵は鉄火箸を灰に突きさし、がばっと立ちあがった。

「野郎ども、出てきやがれ」

背後の襖がたんと開き、人相の悪い連中が躍りこんでくる。

「おやおや、そういうことですか」

浮世之介は少しも慌てず、銀煙管を帯から引きぬいた。

「ご亭主、煙草《タバコ》を一服所望できやせんかね」

「何を、偉そうに」

「死出の一服になるかもしれねえ。弥勒と呼ばれる親分さんなら、そのくれえの慈悲はあってもようござりやしょう」

「ふん、食えねえ野郎だ。誰か、そいつの煙管に煙草を詰めてやれ」

「へい」

固太りの猪《いのしし》に似た男が煙管を引ったくり、火皿に詰めた刻み煙草に火を点ける。

「ほれよ」

「これはどうも、ありがたい」

浮世之介は一服ふかし、渋い顔をつくった。

「こいつは、どうもちがう」

「ん、何がちがうって」

「ご亭主、罌粟の実を干して刻んだやつ、あれを詰めてもらえやせんかね」

「あんだって」

「芋坂のうえでみつけやしたよ。すぐそばの崖下にゃ、誰かが足を滑らした跡がありやした。ひょっとしたら、あれは殺されたお役人のものかもしれねえな」

「この野郎、生かして返《け》えさねえぞ」

吉蔵は激昂《げきこう》し、左右に顎をしゃくる。

と同時に、手下四人が匕首《あいくち》を抜き、襲いかかってきた。

「てめえ、死にさらせ」

「そうは烏賊《いか》の何とやら」

浮世之介はまず、猪に似た男の腕を取って捻《ね》じあげ、銀煙管の雁首《がんくび》を耳の縁に叩きつけた。

「うわっ、ちちち」

男は耳の穴から煙を燻《くすぶ》らせ、畳のうえに転がった。

「死ね」

手下ふたりが左右から、同時に突きかかってくる。

これを易々《やすやす》と躱《かわ》し、浮世之介は当て身を食わす。

「ぐほっ」

「がはっ」

最後に残った痩《や》せぎすの手下には、強烈な蹴りを浴びせかけた。

くんと伸びた足の踵《かかと》で、顎を砕いてやったのだ。

吉蔵は呆気《あっけ》にとられ、身動きひとつできない。

浮世之介は銀煙管で肩を叩きながら、ゆっくり近づいていった。

「おめえさん、欲の皮が突っぱりすぎていねえかい。三年半もめえのことをほじくりかえそうとするなんざ、虫が良すぎるぜ」

「うるせえ、蛇のようなねちっこさがおれの信条だ。十年経《た》っても、二十年経っても、足抜けの罪は消えねえ。飛脚屋、こっちの流儀にしたがってもらうぜ」

「流儀ってのは」

「明日、おちよをここに連れてきやがれ」

「そいつは無理ってもんだ。明日は蔵開きの帳綴《ちょうとじ》でやすからね」

「ふん、商人面しやがって。てめえの噂は聞いてるぜ。ろくに働きもしねえ穀潰《ごく》しなんだろう」

「穀潰しでも、一応は兎屋の主人なんでね」

「よし、おちよを連れてこられねえってなら、千両払え」

「そいつは身請金かい」

「いいや、謝り賃さ。弥勒の吉蔵を虚仮《こけ》にしやがった償いよ。おちよを渡すか、それとも千両払うか。ふふ、道はふたつにひとつだぜ」

「おめえさん、骨の髄まで腐っていなさるね」

「そうだよ」

「おや、開きなおった」

「世の中に善人だけなら、ぞっとするぜ。悪党がいるから、この世はおもしれえんだ。おれもおめえも、いつかは死ぬ。それがいつかってことは、お天道様にしかわからねえ。生きてるうちに、せいぜい楽しむこった」

「もう充分、楽しんだろう」

浮世之介は畳に転がった匕首を拾い、切っ先を舐《な》めるようにみつめた。

「待て、何しやがる」

「おめえさんみてえなのは、くたばっちまったほうがいい」

浮世之介は身を寄せ、吉蔵の片鬢をつかむ。

「うえっ、痛え」

匕首を翳《かざ》すや、片鬢をぶちっと断った。

白髪まじりの髪の毛が、畳にばらまかれる。

吉蔵は首を縮め、顎をがたがた震わせた。

「頼む、助けてくれ、おれはまだ死にたくねえ」

「片鬢で命乞いかい、みっともねえなあ」

「わ、わかった……おちよにゃ、指一本触れさせやしねえ」

「おや、気が変わったのかい。そいつを、どうやって信じればいい」

「さ、三百両。それで手を打とう」

「また金か。でも、三百両は無理だな」

「いくらなら、いいんだ」

「おめえさんの命と同等の値にしよう」

「おれの命……いくらだ、言ってくれ」

「聞きてえかい」

浮世之介は眼前で、左手をぱっとひらいた。

「五十両、あんたの値打ちは、せいぜいそんなもんだ」

「わ、わかった」

「呑むのかい」

「ああ。面目を立ててもらえりゃ、それでいい」

「これで、しゃんしゃんだな」

浮世之介は袖口に手を突っこみ、包封の切られていない小判を取りだした。

「ここに五十両ある。一筆貰《もら》っておこうか」

「よし、わかった」

浮世之介は、用意してきた紙と矢立を差しだす。

吉蔵は、おちよには二度とちょっかいを出さない旨を記し、署名したうえに爪印まで捺《お》させられた。

「へへ、兎屋の旦那、これでおれは文句が言えねえ」

吉蔵は怒りを抑えこみ、にっこり微笑んでみせる。

「おれが弥勒と呼ばれている理由、旦那にゃわかるめえな」

「別に、知りたくもないがね」

「ふふ、近えうちにわかるさ」

「誰かが教えてくれるのかい」

「お望みならな」

「それじゃ、楽しみに待つとしよう」

浮世之介は、五十両を吉蔵の懐中にねじこむ。

颯爽《さっそう》と袖をひるがえし、悪党の巣窟をあとにした。

四

おちよはさきほどから、まとわりつくような気配を感じていた。

金貸しのおもんといっしょに玄冶店を出て、浮世之介の愚痴を聞かされながら、へっつい河岸の兎屋へ向かった。道々、何度か振りかえってみたが、後を跟《つ》けてくる人影はない。気のせいだろうとおもいなおし、胸を張って歩いてはみるものの、誰かの目が背中に張りついているようで気味が悪い。

「おちよちゃん、どうしたの」

「さっきから、誰かにみられているような気がして」

おもんは立ちどまり、注意深く周囲に目を配る。

「怪しい者はいないようだけど」

「気のせいよ、きっと」

「巾着《きんちやく》切りかもしれないね、用心に越したことはないよ」

四十年増のおもんは、手に提げた巾着の口を締めなおす。

「あんたの着物、梅に鶯《うぐいす》を裾模様にあしらった豪勢な江戸褄《づま》だろう。それから、灯籠《とうろう》鬢の島田髷にその富士額、しかも、真っ白な肌に艶っぽい笹色紅ときたもんだ。振りかえらない男はいないよ。たぶん、そのせいさ」

「うん、お義姉《ねえ》さんの仰るとおりかも」

「あら、可愛《かわい》げのない娘《こ》だね。自分が江戸でいちばんの縹緻《きりよう》良しだと、勘違いしているらしい」

「勘違いじゃありんせんよ」

「おや、廓詞《くるわことば》かい。あたしだってね、衣裳なら負けないよ。ほら、買えばうん十両はする小千谷縮《おぢやちぢみ》さ。越後《えちご》の雪のうえで寒晒《かんざら》しにしなきゃ、これほど鮮やかな色味は出せないんだよ」

「お義姉さん、それは買ったものじゃないの」

「借金のカタにきまっててんじゃないか」

「そうよね、お義姉さんの衣裳はぜんぶそうだもの」

「あんたはどうなんだい」

「わたしは買ってもらったのよ」

「おやおや、浮世之介も存外に律義者だね」

「うふふ、皮肉は言いっこ無し」

寡婦のおもんは浮世之介の姉だが、ほんとうに血の繋がりがあるのかどうかはわからなかった。おちよはそのあたりの事情を聞いたこともないし、聞くつもりもない。

笑っているうちに、妙な眼差《まなざ》しのことは忘れてしまった。

兎屋の門口からは、木遣《きや》りを唄う声が凛々《りんりん》と響いてくる。

「ご近所の鳶《とび》たちだよ。ほら、兎屋の若い衆も唄っている。立派なもんだねえ」

おもんはおちよを従え、意気揚々と近づいていった。

正月十一日は新しい帳面を綴じる帳綴の祝日、商人は清新な心持ちで一年間、精一杯真面目に働くことを誓う。

兎屋の表口にも神棚がしつらえられ、三方や御神酒徳利などとともに、真っ新《さら》の帳簿が供えてあった。「大福帳」からはじまって「山山入帳」と書かれた出入帳やら「日家栄帳」「大宝恵帳」などと書かれた帳簿類のことだ。

表書きの筆を入れるのは隠居の役目だが、兎屋は主人の浮世之介みずから筆を入れる。

おそらく、それが一年を通して唯一の仕事らしい仕事であった。

筆入れのときだけは、奉公人たちの背中にぴりっと緊張が走る。

今日はまた鏡開きの日でもあり、裏手に建つ蔵の前には祝宴の支度が整えられた。女手の要るところだが、おもんもおちよも手伝う気などさらさらない。手伝いは期待されておらず、顔を出すだけでみなに喜ばれる。気楽なものだ。

表口でまっさきに出迎えてくれたのは、十《とお》になった徳松だ。

徳松は浮世之介の実子だが、母親の顔を憶《おぼ》えていない。

居なくなった理由も、生死すらもわからない。ただ、どこかで生きているものと信じており、いつかきっと邂逅《かいこう》できると心の片隅で願っている。

徳松は、ぺこりとお辞儀をしてみせた。

「おもん伯母さん、おちよ姉さん、よくぞおいでくださいました」

「おやまあ、さすが、つ離れだよ。九つを越えて十になると、子どもってのは急に大人びてしまうものだねえ」

おもんは、ぐすっと洟水《はなみず》を啜る。

七つの子を疱瘡《ほうそう》で亡くした辛《つら》い経験があった。本気で徳松を養子にしたがっており、お年玉の額も、ほかの大人とは桁ひとつちがう。お金をたくさん貰えるのはありがたいが、養子になりたくない徳松は手放しで喜べない。態度がぎこちないのは、そのせいだろう。

一方、おちよにたいする徳松の態度はかなり太々しい。

まず、母親代わりだとはおもっていない。母親らしいことをしてもらう気もないが、兎屋に腰を落ちつけてほしいと願っている。おちよの顔を眺めていると、徳松の心は和むのだ。それはおちよの心根の優しさからくるものであろうが、いずれにしろ、ふたりは年の離れた姉弟にみえた。

おちよは祝宴に紛れこみ、浮世之介を捜した。

勝手口にはいると、三毛猫が擦りよってくる。

「おう、よしよし、寒いのかえ」

おちよは猫を抱え、廊下を渡って表に向かった。

「あ、おられたね」

浮世之介は炬燵蒲団に腰まで埋まり、鞣《なめ》し革のように寝そべっていた。

「風邪をひきますよ」

「ん、おちよか、餅は食べたかい」

「ええ、頂戴しました」

「姉さんは」

「番頭さんと何やら、ひそひそ話を」

「ふうん」

「お店で借金をしてほしいとかどうとか」

「借りてやらなきゃ、姉さんも食ってゆけまい。姉さんに借りた金が何に化けるか、教えてやろうか」

「これでしょう」

おちよは着物の裾を、はらりと捲《まく》ってみせる。

「そういうこと」

いつもとちがい、浮世之介は饒舌《じょうぜつ》だ。

何かあるなと、おちよは直感した。

「ほら、炬燵にあたりな」

「はい」

おちよは炬燵の角に正座し、蒲団で隠した膝のうえに三毛猫を乗っけた。

浮世之介の足先が、蒲団からにゅっと突きだしている。

おちよは猫を抱きおろし、浮世之介の足を揉《も》みはじめた。

「おほっ、極楽だ。おめえはほんとに手揉みが上手えな」

「ほかに取り柄がないから」

「近頃、何か変わったことはねえか」

唐突に聞かれ、おちよは手を止めた。

「変わったことって」

「知らねえ野郎が訪ねてきたとか、妙な野郎に道端で声を掛けられたとか、そういったことさ」

「別にないけど、どうして」

「なあに、てえしたことじゃねえ」

「ふうん」

心ノ臓が、ばくばくしはじめた。

浮世之介はきっと、厄介事を抱えているのだ。

それを気づかせぬよう、平気な顔を装っている。

「おちよ、どうしたよ」

「え、何が」

「手揉みは終わりかい」

「あ、ごめんなさい」

おちよは気持ちを込め、浮世之介の足の裏を揉みほぐす。

「固えだろう」

「うん」

「鉄下駄で鍛えているからな。ぷふう、それにしても極楽だ、おめえを手放せねえ理由はこいつかもしれねえ。へへ、冗談だよ」

浮世之介はにっこり笑い、何気ない口調で言った。

「おちよ、しばらくのあいだ、狢亭にいろ。外に出るんじゃねえぞ」

「え」

理由を質《ただ》しても、どうせ教えてはもらえまい。

「うん」

おちよは悲しげに、小さく頷《うなず》いた。

五

猪亭に移り、三日目の朝を迎えた。

正月十四日は道祖神の祭日、武家や商家では供物代わりの削掛《けずりか》けを門戸に吊《つる》す。豊年を祈念し、刈り入れたのちに天日に干される掛け穂を模したもので、大身《たいしん》旗本になると尺余の大きなものを下げるのだと、家守《やもり》の香保里が教えてくれた。

猪亭の軒先に吊してあるのは、柳でつくった三寸ほどの削掛けだ。

「今朝は良いお日和ね」

香保里は、紫地に福寿草の裾模様をあしらった着物を纏っている。

「これ、浮世之介さまにいただいたのよ」

「へえ」

「どうして福寿草かわかる」

「いいえ」

「茎の短い花が寄りそって咲くから好きなんですって。いちばん小さな花は徳松ちゃん、その隣があなた、まんなかの大きな花は浮世之介さまで、両脇を支えているのがおもんさんや長兵衛さんや若い衆。わたしもね、端っこのほうに咲いているのよ」

はにかんだように笑う香保里のことを、おちよは好きでたまらない。

「香保里さん、その裾模様、眺めていると何だか暖かい気持ちになる」

「わたしもね、あなたと同じ気持ちよ」

何て素敵な方なんだろう。

香保里に逢《あ》うと、おちよはいつもそうおもう。

教養があり、すがたが良いだけではない。人生の切なさを秘めた物悲しげな横顔が何とも儚《はかな》げで美しいのだ。

香保里の父は、四年ほど前まで勘定吟味役をつとめる幕府の重臣だった。実家は家《か》禄《ろく》三千石の大身旗本、長女の香保里はこれといって苦労もせずに育ち、遠縁にあたる旗本の家に嫁入りも済ませていた。

ところが、突如として不幸に見舞われた。父が札差《ふださし》の不正を糾弾すべく内偵をすすめているさなか、何者かに斬殺されたのだ。兄までが同様の手口で斬られ、嗣子不在の家は断絶の憂き目にあわされた。母も心労で亡くなり、香保里は嫁ぎ先から離縁されて天涯孤独の身となった。それればかりか、仕方なく頼った下僕に騙《だま》され、花街へ売られる寸前までいった。そのとき、たまさか知りあった浮世之介に助けられたのである。

地獄で仏。たびかさなる不幸のすえに、今があった。

しかし、香保里はすべてを宿命と受けとめ、健気《けなげ》に暮らしている。

武家の女らしい潔さが掛け値無くすばらしいと、おちよはおもう。

食うや食わずの百姓家で生まれ育ち、牛馬も同然に野良仕事を手伝わされたあげく、十六で山女衒に売られた。そんな自分からみれば、雲上の相手だが、いつかは自分もあんなふうに美しくなりたい。おちよは、わずかに嫉妬の色をふくんだ眼差しで、香保里をみつめるのだった。

猪亭には、ひきもきらずに来客があった。

想像していたのとちがい、賄いはかなり忙しい。

花売りのおろく婆《ばあ》が飯炊きを手伝ってくれるのだが、食材の買いだしからはじまって酒肴《しゅこう》の支度だの片づけだの、勝手場の用事はいくらでもあった。

おちよは兎屋の女房になってはじめて、家事らしい家事をやったような気がした。

それはそれで楽しく、学ぶべきことも多い。何よりも、香保里の所作が肌に染みわたる感覚が愛《いと》おしかった。

今朝はまた、何よりも嬉《うれ》しいことばを耳にした。

「おちよちゃん、あなたは妹も同然だから、何でも教えてあげる」

そう、言ってもらえたのだ。

天にも昇りたい気持ちになった。

その喜びを伝えたいと、浮世之介のすがたをさがした。

だが、いつもいるはずの居間に気配がない。

「香保里さん、旦那さまは」

「お出掛けになられたわ。文化堂のご隠居さまからお呼びだしが掛かったみたい」

そういえば、ご隠居のもとへ楽茶碗を愛《め》でにいきたいと、いつぞや浮世之介は眸子《まなこ》を輝かせていた。茶碗ひとつがどうして何百両もするのか、まったく理解できないが、数寄者とは大金を出して無駄を買う連中のことをいうのだろう。

おちよは窓から外を眺め、ほっと溜息《ためいき》を吐《つ》いた。

抜けるような空から、朝日が降りそそいでいる。

雪面は煌《きら》めき、硝子《ガラス》玉をちりばめたかのようだ。

「ほんと、久しぶりのお日和ね、お散歩にでも行こうかしら」

おちよの独り言は、勝手場に向かう香保里には聞こえていない。

浮世之介からは「外に出ちゃだめだぞ」と言いつけられていた。

でも、少しくらいなら平気だろう。

こんな日に外に出ないなんてもったいない。

一抹の不安を振り払い、おちよは庵《いおり》から抜けだした。

鰹縞《かつお》の綿入れを羽織り、高下駄で雪道を踏みしめる。

踏みかためられた道から脇に逸れると、踝《くるぶし》のあたりまで雪にもぐった。

それすらおもしろく、気づいてみると笹藪の途中まで足を延ばしていた。

「おちよかえ」

嗄《しわが》れた声に振りむくと、花売りのおろくが灌木のそばで手を振っている。

「おろくさん、何してるの」

「大根を掘ってんのさ。わしが植えたんじゃぞ」

おろくは掘った大根を、自慢げに掲げた。

「ほうれ、二股大根じゃ。夫婦和合のお守りよ。浮世の旦那とおぬしにも、あとで食わしてやるからな、むひょひょ」

おろくは、歯のない口で笑う。

「それじゃ、あとでね」

おちよは池之端を散策し、無縁坂の坂下あたりで戻ろうと考えていた。

池畔の柳は枯れていたが、木陰にひっそりと咲く黄色い花をみつけた。

「あ、福寿草」

喜び勇んで駆けだした途端、足を滑らして転んでしまう。

起きあがろうとすると、黒い影が背中に覆いかぶさった。

「お内儀さん、大丈夫ですかい」

手を差しのべる男はまだ若く、右頬に大きな痣がある。

「あっしが起こしてやりやしょう」

「平気です、あっ」

おちよは手首をきつく握られ、なかば強引に立たされた。

「お放しください」

抗《あらが》うように袖を振り、首を捻じまげて逃げようとする。

「放しゃしねえよ」

逃れる術《すべ》はなく、手を伸ばしても、福寿草には届かない。

池畔に一陣の風が吹きぬけ、可憐《かれん》な花弁《はなびら》を掠《さら》っていった。

六

そのころ、浮世之介は池之端仲町にある文化堂から踵《くびす》を返し、急ぎ足で無縁坂のほうへ向かっていた。

顔色が蒼白《あおじろ》い。

めずらしいことに、焦りを募らせている。

「長次郎の黒楽が手に入った」

と聞き、見知らぬ使いの者を疑いもせずに、猪亭を飛びだした。

自他ともに認める数寄者、古い茶碗には目がない。金満家の隠居と好んで交流する理由のひとつは、高価な骨董《こっとう》品を愛でることができるからだ。ことに、無骨で飾り気のない楽茶碗は、浮世之介にとって垂涎《すいぜん》の品であった。

が、文化堂で善左衛門の不思議そうな顔をみた瞬間、騙されたと察した。

おちよはきっと、攫《さら》われたにちがいない。

攫った悪党の正体は、わかっている。

「吉蔵め」

無縁坂の坂下を過ぎたところで、一挺の駕籠をみつけた。

かなりの速さで遠ざかり、根津権現のほうへ向かってゆく。

「あれか」

浮世之介は裾を捲り、追いかけてみた。

駕籠は安価な四つ手駕籠、根津権現の門前大路から裏手の千駄木に抜けてゆく。

藪下と呼ばれる坂道を上れば団子坂、団子坂を東に下れば感応寺にいたり、裏手の芋坂を下りれば、いろは茶屋にたどりつく。

さらに近づいてみると、駕籠脇の隙間から花柄模様の袂《たもと》が舌のように出ていた。

まちがいない。

浮世之介は、ひょいと駕籠を追いこした。

「うえっ、な、何でえ」

驚いて足を止める先棒に、顎をしゃくる。

「すまねえが、なかの新造を拝ませてくれ」

駕籠かきは口答えもせず、垂れを捲ってみせる。

内から顔を出したのは、四十年増のおかちめんこだ。

「ちっ、人違いか」

浮世之介は舌打ちを鳴らし、駕籠に背を向けた。

「待ちな」

鋭い掛け声に振りむけば、先棒が息杖《いきづえ》を肩に担いでいる。

「謝りもしねえで、とんずらかい。てめえ、兎屋だな」

「ほう、こっちの素姓がわかってんのか」

「あたぼうよ」

後棒が胸を反らし、ぴいっと指笛を吹いてみせる。

道の前後左右から、人相の悪い連中が飛びだしてきた。

「へへ、引っかかったな」

前面に押しだしてきた男の右頬には、大きな痣がある。

「よう、兎屋」

「おめえはたしか、喜代治とかいったな。おちよを攫ったのかい」

「そうだよ」

「どこに隠した」

「言えるけえ、阿呆」

「なら、言わせてやろうか」

浮世之介は、すっと身構えた。

「ん」

微《かす》かに、硝煙の臭いがする。

鉄砲か。

風上は右斜め後ろ、喬木《きょうぼく》の枝がさわりと揺れた。

──ずどん。

筒音が轟《とどろ》いた。

浮世之介は咄嗟《とっさ》に避《よ》ける。

頰を掠《かす》めた鉛弾《なまりだま》は、正面に立つ手下の胸を撃ちぬいた。

「うわっ」

動揺する手下どものなかで、喜代治だけは薄く笑っている。

「紀ノ国は根来《ねごろ》出身の鉄砲撃ちだぜ。一発目はわざと外したのさ。へへ、二発目はどうかな」

たしかに、鉄砲撃ちの腕前は相当なものだ。

至近の的を外すはずはないと、浮世之介は踏んだ。

「おちよをどうする」

「んなことは知らねえ、元締めの胸三寸さ」

「五十両で手を打ったはず。こっちには証文もある」

「けっ、紙切れが何の役に立つ」

「そうきたか。おめえらの棲《す》む世界にゃ、義理もへったくれもねえらしいな」

「うるせえ」

喜代治は気色ばみ、懐中に手を入れた。

「都合がわるくなりゃ、命を断つ。そうやって、門馬とかいう役人も殺ったのかい」

「門馬は薄汚ねえどぶ鼠だ。死んで当然の野郎さ」

「おめえ、何を怒ってんだ。ひょっとして、元締めの遣り口が気に食わねえんじゃねえのかい」

「うるせえってんだよ」

煽《あお》れば煽るほど、本性を剥きだしにしてみせる。

この若僧、少しばかり骨があるなと、浮世之介はおもった。

「ま、おめえとやりあっても仕方ねえ。吉蔵に会うしかなさそうだ」

「おちよを返えしてほしいんなら、元締めに土下座でもして頼むこった」

「土下座程度で返すとはおもえんがね」

「わからねえぜ。元締めを菩薩と慕う連中もいる。おめえが泣きの涙で頼めば、願いを聞いてくれるかもしれねえ」

喜代治が目配せを送ると、ふたりの手下が荒縄を手にして近づいてきた。

抗うこともなく縛られ、四つ手駕籠のほうに導かれる。

すでに、おかちめんこのすがたはない。小銭を貰って消えたのだ。

どんと背中を蹴りつけられ、横倒しに転んだ。

「この野郎にゃ恨みがある」

どうやら、先日痛めつけてやったうちのふたりらしい。

猪に似た固太りの手下は鼓膜の溶けた右耳を爛《ただ》れさせ、痩せぎすの手下は砕かれた顎と頭を晒《さらし》でぐるぐる巻きにしていた。

「てめえ、こんにゃろ」

恨みの籠もった蹴りが脇腹にはいり、浮世之介は蹲って悶《もだ》える。

「へへ、ざまあねえぜ」

ほかの手下どもが集まり、撲《なぐ》る蹴るの暴行をくわえた。

浮世之介は後ろ手に縛られたまま、雪上に血を吐いた。

仕舞いには駕籠に押しこめられ、大きく揺さぶられる。

「元締めに、いい土産ができたぜ」

喜代治の合図で、駕籠が逆さまにひっくり返された。

大勢の手ですぐに持ちあげられ、坂道を上ってゆく。

「わっせ、わっせ……」

荒々しい神輿《みこし》ぶりのようだ。

遠ざかる硝煙の臭いを嗅ぎながら、浮世之介はじっと痛みに耐えた。

七

――どど、どどど。

瀑布《ばくふ》の音であろうか。

おちよは目を醒《さ》まし、上半身を起こした。

黴《かび》臭い。

廃屋のなかだ。

土間に薪炭が積んである。

山中の炭焼小屋か。

閉めきった窓の隙間から、弱い陽《ひ》が射《さ》しこんでくる。

「ぬえっ」

頭の欠けた仏像が、恐ろしい形相で睨みつけた。

叫ぼうとしたが、呻《うめ》きにしかならない。

手足を縛られ、猿轡《さるぐつわ》まで咬《か》まされていた。

気持ちを落ちつかせ、もういちど仏像を見上げた。

さきほどとはちがい、柔和な顔の阿弥陀《あみだ》如来が蓮華座《れんげざ》に坐《ざ》している。

阿弥陀堂なのだ。

滝のそばの阿弥陀堂。

おちよは眸子を瞑《つむ》り、記憶をたどりはじめた。

まっさきに浮かんだのは、池畔に咲く黄色い花だ。

福寿草ね。

それから、浮世之介の笑顔が浮かんで消え、駕籠に揺られている自分の疲れたすがたがあらわれた。

そうだ、あの男。

頬に痣のある男に手首を握られた。

年は若い。顔つきこそはっきりしないものの、小判のような痣のかたちは鮮やかにおぼえている。

駕籠に揺られているあいだは、目隠しをされていた。

途中の記憶がきれぎれなので、どこに連れてこられたのかはわからない。

ただ、南ではなく、北に向かったような気がする。

奥州街道か、日光街道か、中山道《なかせんどう》か。

荒川を渡らずに山中へ分けいったとするならば、ここは道灌山《どうかんやま》か飛鳥山《あすかやま》か、あるいは、王子稲荷《いなり》の近くであろうか。

そうだ。

王子には、有名な七つの滝がある。

弁天、不動、稲荷、大工、見晴、権現、名主。

七つの滝を呪文のように唱えつつ、おちよは浅い眠りに落ちていった。

――ずどん。

こんどは、滝の音ではない。

筒音で目を醒ました。

耳の神経を研ぎすます。

跫音《あしおと》とともに、硝煙の臭いが近づいてきた。

丸木の扉が、ぎぎっと開く。

おちよは両膝を立て、縛られた恰好《かっこう》で身構える。

黒光りした鉄砲の先端がぬっと突きだされ、つづいて、首の長い大きな鳥が土間に抛りなげられた。

「ひっ」

おもわず仰《の》けぞり、おちよは壁に頭を打った。

野良着姿の男があらわれ、鋭い眼差しを浴びせる。

頭は禿げているが、頬と顎は真っ黒なひげに覆われていた。

背丈は低いものの、両肩は瘤《こぶ》のように盛りあがり、横幅のあるからだつきだ。

獰猛《どうもう》な獣を連想した。

おちよは、身震いを禁じ得ない。

「御拳《おこぶし》の鶴じゃ」

獣は吼《ほ》えた。

年の暮れ、徳川家歴代の将軍はかならず、朝廷に献上する鶴を撃ちに鷹場《たかば》へ出掛ける。仕留めた獲物は「御拳の鶴」と称するのだが、元来は縁起の良い鳥なので、狩猟は禁じられていた。

それを平気な顔で仕留めてきた男の大胆さが、いっそう、恐怖を煽りたてる。

男は獣臭を放ちながら、鼻先に寄ってきた。

おちよはもぞもぞと後ずさり、眸子を閉じる。

猿轡を外され、腕の縛《いまし》めも解かれた。

少しは楽になったが、からだは強張《こわば》ったままだ。

「叫んだところで、誰も来やせぬぞ。逃げようとしても、雑木林のなかで迷うだけだ。迷うているあいだに、わしがみつけだす。ひとおもいには殺さぬぞ。足を撃ち、手を撃ち、地獄の苦しみを味わわせてやる。それが嫌なら、妙な気は起こさぬことだ」

男は自在鈎《かぎ》に大鍋を吊し、囲炉裏に薪をくべる。

鶴の首を鉈《なた》で落とし、手際よくばらしはじめた。

「ここは、阿弥陀堂ですか」

恐る恐る、おちよは聞いてみた。

男は顔もあげず、鉈を振りあげた。

鮮血が飛びちり、羽毛が舞いあがる。

おちよは目を背け、息を詰めて耐えた。

浮世之介の顔が浮かび、わずかに勇気が湧いてきた。

「教えてください。誰なんです、わたしを攫ったのは」

気丈にも口を尖らせ、男の横顔を睨みつける。

男は物も言わず、振りあげた鉈をそのまま真横に投げた。

――ひゅん、ひゅん。

鉈は旋回しながら飛来し、おちよの鬢を掠めて壁に刺さった。

「ひっ、ひぇええ」

おちよは悲鳴をあげ、激しく身を震わせた。

男は大股で近づき、後ろの壁から鉈を引きぬく。

黙って血溜《だ》まりに戻るや、ふたたび鶴をばらしはじめた。

切りわけた肉片に塩を擦りこみ、内臓を煮立った鍋に抛りこむ。

男は杓文字《しゃもじ》で汁を掻きまわしながら、低い声で物静かに喋《しゃべ》った。

「雇い主のことは知らぬ。おぬしがどうなろうと、知ったこっちゃない。わしは報酬に見合っただけのことをする。余計な口を利いたら、舌を引っこぬいてやる」

おちよは吐き気をおぼえ、その場で嘔吐《おうと》を繰りかえす。

もはや、逃れられない。

この男のもとからは、逃れられない。

あきらめが、生《つ》きる気力すら奪いさってゆく。

おちよは口を噤《つぐ》み、臓物が煮えたつ鍋をみつめた。

八

そこは真っ暗な狭い空間で、噎《む》せるほどの煙が濛々《もうもう》とたちこめていた。

大蛇に呑みこまれ、胃袋の底で溶かされたような気分だ。

縛られているわけでもないのに、手足が痺《しび》れて動かない。

浮世之介は、大量の煙を吸わされていた。

それが吸引した者に幻覚をみせる阿片《あへん》だとすれば、もはや、逃れる術はない。

坐して蛻《ぬけがら》になるのを待つのみ、事実、目の輝きを失った毒中《どくあたり》どもが洞穴のなかで蠢《うごめ》いている。

が、じつをいえば、浮世之介は気配を感じることしかできない。

目がみえていなかった。

駕籠に乗せられ、いろは茶屋に運ばれた。

そこで当て身を食らい、蔵に閉じこめられた。

吉蔵の手下どもは、黴臭い蔵を「責め蔵」と呼んだ。

小伝馬町《こでんまちょう》の牢《ろう》屋敷内に、罪人を責める蔵がある。それを模したものらしい。

浮世之介は後ろ手に縛られて宙吊《づ》りにされ、冷水のなかに何度も浸《つ》けられた。

罪人が奉行所の役人に責めたてられているような光景だった。

罪を犯したわけではない。弥勒の吉蔵に刃向かった罰として、尋常ならざる責め苦を受けたのだ。

浮世之介は、音《ね》をあげなかった。

責め苦は丸二日つづき、仕舞いには瞼《まぶた》に燐《りん》を塗られた。

手下どもにすれば、遊び半分だったにちがいない。

火を点けた途端、睫毛《まつげ》が焼け焦げ、瞼は膠《にかわ》で貼ったように開かなくなった。

気を失い、気づいてみたら、蔵から洞穴へ移されていた。

毒煙のなかに放りこまれたのだ。

全身の震えがおさまらない。

寒いという感覚だけはまだ、残っているようだ。

「くふふ、弥勒の吉蔵に逆らえばどうなるか、思い知ったようだな」

鼻先に、臭い息を吐きかけられた。

吉蔵であろうか。

頭のなかは、分厚い靄《もや》に覆われている。

抗うどころか、何も考えたくはなかった。

考えようとすれば、頭が割れるほど痛くなる。

「おれを虚仮にしたやつは許しちゃおかねえ。ただし、助かる道はひとつある。そいつは犬になることだ。おめえは肝も太えし、腕も立つ。死なすにゃ惜しい飛脚屋だ。おれさまに命乞いをすりゃ、助けてやってもいい」

「お、おちよは……ど、どうなった」

「ほう、女房のことが気になるとみえる。殺しはしねえさ。あいつにゃ三年半ぶんの貸しがある。五十両ぽっちじゃ、屁の足しにもならねえんだよ。岡場所に沈めて、たっぷり稼いでもらうつもりさ」

「た、たのむ……お、おちよを、身請けさせてくれ」

「おっ、ほほ、そうきたか。ちなみに、いくら出そうってんだ」

「せ……千両」

「へへ、どうやってつくる。家作と鑑札を担保に借金でもしまくるか。ぬはっ、残念だったな。こうなっちまったからにゃ、もう後戻りはできねえ。金の多寡じゃねえんだ。おめえが犬になれるかどうか、すべてはそいつに掛かっている。犬になるってんなら、おちよの縛めも解いてやるよ。ためしに、おれの足の裏を舐《な》めてみな」

周囲で、ごくんと生唾を呑む音が聞こえた。

大勢の手下どもが、固唾《かたず》を呑んで見守っているのだ。

吉蔵の足の裏を舐めれば、浮世之介は犬になりさがる。

いちど犬に転落した者は、這《は》いあがることができない。

目にみえぬ首輪で繋がれ、飼い主には逆らえなくなる。

虐《しいた》げるとは、そういうことだ。肉体を痛めつけ、精神を破壊する。

空虚な心に呪文を吹きこめば、いかに闘争心が強い者でも借りてきた猫のようにおとなしくなる。

従順な木偶《でく》の坊でいるかぎり、生きながらえることはできる。

わずかでも生きたいと願うなら、犬になるしかない。

「ほれ、舐めてみろ」

吉蔵は素足ではなく、馬糞《ばふん》を踏んだ草履の裏を差しだした。

浮世之介は舌を出し、草履をぺろぺろ舐めはじめる。

「うえっ、舐めやがった」

手下どもは、呆《あき》れた声をあげる。

浮世之介の口は、糞だらけになった。

きれいに舐めきってやると、吉蔵は腹を抱えて嗤《わら》いだした。

「みてみろ、馬糞野郎の面をよ。足抜け女郎を女房にした阿呆の成れの果てだ。ふへへ、ざまあねえぜ」

ばすっと腹を蹴られ、浮世之介は蹲った。

「犬め、死んじまえ」

手下どもが順番に、唾を吐きかけてゆく。

浮世之介は項垂《うなだ》れたまま、為《な》すがままにされている。

朦朧《もうろう》とする意識のなかで、おちよの顔を浮かべていた。

九

浮世之介とおちよが消えて四日目。

浅草寺《せんそうじ》の境内は、観音詣での人々で賑《にぎ》わっている。
影聞きの伝次は、旅装束に身を固めた女の背中を追っていた。
名はあきの、年は二十二、吉蔵が唯一血を分けた愛娘だと聞いている。
周囲には手下どもの目が光っているので、おいそれと近づくことはできない。
が、あきのはきっと、吉蔵の命を授かっている。
浮世之介か、おちよか、どちらかのもとへ導いてくれるはずだ。
この機を逃すわけにはいかない。
伝次は、必死だった。
「石に噛《かじ》りついてでも、ふたりの命を助けてやりてえ」
ふだんは小莫迦《こばか》にしている浮世之介の身が、心配でたまらない。
足抜け女郎だった素姓を知るにつけ、おちよのことが不憫《ふびん》でならなかった。
伝次でさえ、そうなのだ。
徳松は事情を知って泣きじゃくり、宥《なだ》め役のおもんを困らせた。
長兵衛は一睡もせずに指示を飛ばし、飛脚どもを江戸の四方に走らせている。
狢亭には文化堂の善左衛門を筆頭に狢仲間《むじな》が雁首を揃《そろ》え、徳松の手習い師匠である
栖吉六郎兵衛《すよしろくろべえ》も馳《は》せ参じていた。

「いざとなったら、いろは茶屋に斬りこんでやる」

剣におぼえのある六郎兵衛は勇みたったが、善左衛門に一喝された。

下手に斬りこめば、捕らわれた者の命がどうなるか、わかったものではない。

ともかく、拐かされたふたりの居所をつきとめるのが先決だった。

「腫れ物に触れちまったんだ」

闇を牛耳る元締めの恐ろしさを、浮世之介は甘くみすぎた。

吉蔵に盾突いた者がどれほど酷《ひど》いしっぺ返しを食うか、調べてみるとわかってきた。

川に沈められた者も、ひとりやふたりではない。

なにせ、定町廻りを殺らせやがった男だからな。

今や、浮世之介の生死すらも定かではなかった。

「生きててくれ」

と、神仏に祈るしかないのだ。

あきのは仲見世大路から脇道に逸れ、ふいに消えた。

が、伝次の目をごまかすことはできない。

「辻《つじ》駕籠に乗ったか」

四つ手駕籠は裏門から出て、まっすぐ田町に向かった。

た。

「行きつくさきは山谷堀」

案の定、あきのは土手下で駕籠を降り、山谷堀に架かる橋のそばで小舟に乗りかえた。

伝次は周囲に目を配りながら、土手際を走って小舟を追った。

あきのといっしょに乗りこんだ手下はひとり、喜代治という吉蔵の右腕だ。

手下らしき人影は、ほかにない。

伝次は投込寺で知られる浄閑寺のそばから、みずからも小舟を拾った。

山谷堀は音無川に通じている。

二艘《そう》の小舟は冬ざれの田圃《たんぼ》が広がるただなかを遡上し、道灌山の山裾にいたって川岸へ寄りついた。

陸にあがったあきのと喜代治は日暮里《につぽり》から駒込に向かい、ひたすら日光街道をすすんでいく。

「夕刻までには、飛鳥山に着きそうだな」

飛鳥山の山中なら、いくらでも隠し場所はある。

伝次はふたりを見逃さぬよう、慎重に背中を追った。

夕刻、あきのと喜代治は飛鳥山の西麓にあたる飛鳥橋を渡り、扇屋という名の知れた茶屋で休みをとった。
「近えな」
勘働きがする。
読みどおりなら、隠し場所は王子権現の近辺ということになろう。
関東の総稲荷でもある権現社は渓谷に囲まれ、見事な滝が散見される。
山中は雪に覆われているので、伝次は葦簀張りの見世でかんじきを求めた。
扇屋を出たふたりが向かったさきは、やはり、王子権現の領域内であった。
「不動滝のそばだ」
ふたりとも、足にかんじきを履いた。
滝壺《たきつぼ》の脇から杣道《そまみち》に分けいり、高みをめざす。
すでに日没を過ぎ、あたりは暗い。
さきほどから、雪がちらついている。
喜代治は、用意した松明《たいまつ》に火を灯《とも》した。
松明が目印になるので、追うほうは楽だ。
が、道は険しく、遅々としてすすまない。
一刻《とき》ほど、汗だくになって追いかけた。

目印の松明が、次第に近づいてくる。
「ん、あれか」
篝火《かがりび》が焚《た》かれ、丸木の扉が照らしだされていた。
雑木林のなかに、朽ちかけた阿弥陀堂が建っている。
裏手は小山のようだ。
薄ぼんやりと稜線《りようせん》がみえ、闇と闇を分かつ境界になっている。
山神に睨みつけられているようで、名状しがたい恐怖を感じた。
踵を返したい衝動に駆られたが、どうにか踏みとどまる。
阿弥陀堂に、浮世之介かおちよが縛りつけられているにちがいない。
安否を確かめたうえで、山を降りようと考えなおす。
のんびりとしてはいられない。
雪が足跡を消してくれるあいだに、ここを離れたかった。
風は一段と強くなり、吹雪の前兆をおもわせる。
伝次は寒さを怺《こら》え、篝火に近寄った。
あきのと喜代治は、堂の内だろう。
外に見張りがいないのを確かめ、堂の横手にまわりこむ。

顔の高さに、窓があった。
伝次はこっそり身を寄せ、窓から内を覗いた。
囲炉裏のそばに、あきのと喜代治が座っている。
大鍋は湯気を立てていた。
——くう。
腹の虫が鳴る。
伝次は身を強張らせ、生唾を呑んだ。
見張りの手下は、堂内にも見当たらない。
居ないはずはないのに、妙だなとおもった。
板間の隅に目をやると、縛られた女が蹲っている。
「あっ」
まちがいない、おちよだ。
伝次は、窓からそっと離れた。
一瞬、背中にまとわりつくような眼差しを感じた。
が、すべては、吹雪に吹きとばされてしまう。
伝次は暗い杣道に戻り、山を下りはじめた。

十

着物は薄汚れ、口のまわりには無精髭《ひげ》が生えている。

浮世之介はみるも無残に窶《やつ》れ、別人のようになった。

猪に似た手下が、鼻先にやってくる。

「ふん、犬野郎め」

痩せぎすの手下も近づき、浮世之介の顔に唾を引っかけた。

ふたりの手で洞穴から連れだされ、厩《うまや》に放りこまれた。

柵の向こうに、肋骨《あばらぼね》の浮いた鹿毛《かげ》が休んでいる。

百姓家であろうか。

直感だが、感応寺にほど近い道灌山のどこかだとおもった。

秋の彼岸過ぎ、六阿弥陀詣でに訪れ、道灌山の北端に建つ四番札所の與楽寺《よらくじ》に詣ったことがあった。そのとき目にした光景が、洞穴から移された際、ふっと脳裏に浮かんだ。

ふたりの手下は、苦々しげに文句を垂れている。

「こいつのせいで、おいらの片耳は使えなくなった」

「おれだって、顎を砕かれたおかげで、飯を食うのもままならねえ。どんだけ痛めつけても、恨みは消えねえさ」

「みろよ、こいつはもう亡骸《なきがら》も同然だぜ。放っておけば死んじまうだろうによ、元締めは例の鉄砲撃ちに仕留めさせる腹らしい」

「やっぱしな」

「撃つだけじゃねえぞ。火薬玉で屍骸を粉微塵《みじん》にするんだとさ」

「そういや、茶屋の責め蔵に火薬玉があったな、木箱のなかだ」

「そいつで、どかんさ。自分を虚仮にした野郎は、痕跡も残したくねえらしい」

「ふん、元締めのやりそうなこった」

「どっちにしろ、こいつはもう終わりさ。だからこうして、連れだしたってわけよ。おめえだって、まだやりたりねえ気分だろう」

「へへ、元締めにゃ内緒だが、楽しませてもらうぜ」

猪は毛臑《けずね》を剝き、浮世之介の鳩尾《みぞおち》を蹴りあげる。

蹲ったところを、木切れで力任せに叩かれた。

「こいつ、痛がりもしねえ」

「毒煙のせいさ、あれだけ吸いこんだら、頭もいかれちまわあ」

ひひいんと、鹿毛が嘶《いなな》いた。

浮世之介は、ぴくっと耳を動かす。

柵のそばに、黄色い花が咲いていた。

福寿草であろうか。

浮世之介は目を閉じたまま、意識をそちらに向ける。

「こいつ、ほんとにみえてねえのか」

痩せぎすが、嗄れた声でつぶやいた。

「ふふ、試してみるかい。支度はできてるぜ」

厩の外では火が焚かれ、温石《おんじやく》にする拳大の石が真っ赤に焼けていた。

「へへ、やってみっか」

「合点だ」

猪は十能《じゆうのう》を使い、焼けた石を運んでくる。

痩せぎすは身を寄せ、浮世之介の耳元で囁いた。

「腹あ減ったろう。今な、温《あつた》けえ握り飯を食わしてやるぜ」

痩せぎすが合図を送ると、十能が突きだされた。

「さあ、手え出しな。ほかほかの白米だぜ」

言われるがままに、浮世之介は震える左手を差しだす。

猪と痩せぎすは顔を見合わせ、にやりとほくそ笑んだ。

「ほれ、受けとれ」

焼けた石が手に載った。

じゅっと、音がする。

皮膚が焼けた臭いもする。

浮世之介は、奥歯を食いしばった。

「ぬおっ」

腹の底から、唸《うな》りあげる。

石を捨てるどころか握りなおし、猪の顔に投げつけた。

「ぐわっ」

猪は鼻を陥没させ、その場に倒れこむ。

浮世之介は素早く動き、痩せぎすの襟首をつかんだ。

「ま、待ってくれ。おめえ、目がみえんのか」

「おかげさまでな」

浮世之介は、かっと眸子を見開いた。

「うえっ」

鬼の目だ。

真っ赤に充血した目で睨まれ、痩せぎすは腰砕けになった。

「おた……お助けを」

「おちよの居場所を吐け」

「え」

「吐きやがれ、どこにいる」

「お、王子でやんす」

痩せぎすは声を震わせ、阿弥陀堂の所在を告げた。

浮世之介は十能を奪い、鼻面をおもいきりひっぱたく。

「ぶひぇっ」

痩せぎすは鼻血を散らし、気を失ってしまった。

「雑魚に用はねえ」

浮世之介は痩せ馬に跨《またが》り、厩から躍りだした。

十一

伝次は栖吉六郎兵衛をともない、不動の滝にほど近い雪山へ分けいった。

昨夜遅くに江戸へ戻り、とんぼ返りでまたやってきたのだが、王子稲荷へたどりついたときには正午をまわっていた。途中の茶屋で老婆に握らせた塩結びで腹をこしらえ、おちよの救出へと出向いてきたのだ。

「晴れたな」

六郎兵衛は目を細め、顎に滴る汗を拭った。

燦々《さんさん》と降りそそぐ陽光は、行く手の杣道を白銀に煌《きら》めかせている。

正直、目も開けていられないほどだった。

六郎兵衛は浪人する以前、雄《ゆう》藩の馬廻り役をつとめていたという。

年齢は二十四、独り身で活力に溢《あふ》れている。子どもたちの受けもよく、親たちの信頼も厚い。

「徳松の泣き顔が忘れられぬ。日頃はあれほど、父御《ててご》を小莫迦にしておったに、いざとなればちがった。居なくなった途端、肉親の情が湧いてきたのだろう」

「徳松はふだんから、ろくに働きもしねえ呑太郎《のんたろう》なんぞ父親じゃねえ、自分は親無しの拾われっ子なんだと、泣き言を漏らしておりやしたからね。そんな徳松が、あれほど親方を慕っていたとは……こりゃきっと、先生の躾《しつけ》のおかげだな」

「孝の精神なぞ、ことばで教えても身につかぬものさ。そのときになって、身をもって知るしかない」

「今が、そのときなんですかね」

「ああ、そうだ。身をもって何かを知るときは、得てして苦難をともなう。この苦難を浮世どのと乗りこえることができれば、徳松は一段と成長できる。そんな気がしてな、あの子のためにも、どうしても助けださねばならぬのさ」

ふたりはしばらく、黙々と雪を漕《こ》ぎすすんだ。

「先生、ひとつ教えてくれ」

伝次は立ちどまり、首を捻った。

「ん、どうした」

「あのとおり、親方はいつも飄々《ひょうひょう》としていなさる。誰かのために命を賭けようとか、そうした素振りはみせねえ。ところが、今度だけは別だ。おちよのために命を賭けなすった。親方はわざと捕まって、ひでえ責め苦を受けているにちげえねえ。そこまでして助けようとする理由、先生にゃわかりやすかい」

「そりゃ、おちよさんが掛け替えのない恋女房だからさ」

「家事もろくにできねえし、若え色男とみりゃ粉をかけたがる。おちよは傍《はた》からみりゃ、ろくでもねえ女ですぜ」

「心根の優しさはどうだ。誰彼構わず、親身になれる。あれだけ、気持ちの暖かいおなごは得難いぞ。なにせ、へそまがりの徳松が気に入っているほどだからな。ただ、浮世どのはわしらの知らぬ何か、もっと奥深いものに惹かれているのかもしれぬ」

「奥深いもの」

　伝次には、わかるような気がした。

それは、薄幸な女の持つ哀《かな》しみではないのか。

おちよは哀しみを振りはらい、健気に生きてきた。

が、やはり、来し方は変えられない。

心底には、哀しみの沼が広がっている。

浮世之介はその沼の縁で、釣り糸を垂れていたいのだ。

ありのままに哀しみを分かちあい、ともに年をかさねていきたいのだろうと、伝次はおもった。

おちよの生き様を踏みにじろうとする者の理不尽さが、浮世之介には許せなかったにちがいない。

だから、命を賭した。

おちよの身代わりに死ぬことができれば、本望とでもおもったのだろう。

「先生、まさか、親方が死ぬことはありやせんよね」

「案ずるな。あれだけの御仁が死んでたまるか」

ふたりは灌木の枝を除け、雑木林を指呼にとらえた。

さきほどから陽光は翳《かげ》り、天地とも灰一色となっている。

「あれか」

六郎兵衛がつぶやいた。

扉が開き、阿弥陀堂から細身の人影があらわれる。

「おちよだ」

ふたりは、さっと身を伏せた。

おちよは後ろ手に縛られ、よたよた歩かされている。

背後に控えるのは、喜代治であろう。

堂の暗がりから、手下たちも顔を出した。

十数人はいる。

「斬りこむか」

六郎兵衛の逸《はや》る気持ちを、伝次はやんわりと抑えた。

「もう少し、様子をみやしょう」

手下のひとりが大きな椎《しい》の枝に、荒縄を引っかけた。

喜代治が荒縄の片端を取り、おちよの縄に結びつける。

「木に吊す気だ。伝次、斬りこむぞ」

「待ってくだせえ」

「どうした」

「ほら、風向きが変わりやしたよ」

伝次は、舐めた人差し指を鼻先に翳す。

たしかに、ふたりの立つところは風上から風下に変わった。

「臭えな、硝煙臭え」

「わしは感じぬぞ。気のせいではないのか」

「気のせいじゃねえ」

押し問答をしているうちに、おちよを吊す用意ができた。

喜代治の「やれい」という合図で、手下どもが荒縄の片端を引きはじめる。

「よいしょ、こらしょ」

井戸替えのごときお祭り騒ぎだ。

「もう待てぬ。わしは行くぞ」

六郎兵衛は、がばっと立ちあがった。

止める暇もなく、雪上を走りだす。

「くそっ」

伝次も立ちあがり、かんじきを履いた足で追いかけた。

「ぬわあああ」

六郎兵衛は喊声《かんせい》をあげ、長尺刀を抜きはなつ。

「お、来やがった」

手下どもは、待ってましたと言わんばかりに身構えた。

椎のうえで、ぴかっと何かが光った。

――ずどん。

筒音が轟くや、六郎兵衛がもんどりうった。

雪煙が舞う。

「罠《わな》か」

伝次は横っ飛びで、新雪に飛びこむ。

──ずどん。

二発目の銃弾が、肩口を掠めた。

伝次は顔まで雪に埋め、身動きひとつできない。

「ふははは」

突如、野太い嗤《わら》い声が響いた。

雪まみれの顔を持ちあげると、弥勒の吉蔵が堂のまえに仁王立ちしていた。

「兎屋の仲間を誘いだし、一網打尽にする算段よ。けっ、これほど歯ごたえのねえやつらだとは、おもってもみなかったぜ。こんなことなら、わざわざ手間暇を掛けることもなかった。なあ、あきの」

かたわらでは、愛娘のあきのが微笑んでいる。

悪党の親に可愛がられて育った鬼娘、縛られたおちよへの憐憫《れんびん》は一抹も感じられない。

伝次は、歯嚙みをして口惜《くちお》しがった。

「くそっ」

わざと導かれたことに、気づかなかった。
そのせいで、六郎兵衛は撃たれたのだ。
「先生、先生」
呼びかけても、返事はない。
おちよは椎の木に吊され、宙ぶらりんの足をばたつかせている。
凄腕の鉄砲撃ちは木の股に隠れ、息を殺しているようだ。
おいらの眉間を狙《ねら》っているのだろうと、伝次はおもった。
「観念して出てきやがれ」
吉蔵が叫んだ。
伝次は動けない。
「親方、助けてくれ」
神仏に祈るような気持ちで、空を見上げる。
と、そのとき。
伝次は、信じられない光景をみた。
——ごごおおお。
腹を震わす轟音《ごうおん》とともに、阿弥陀堂の裏山が崩れはじめたのだ。

十二

少なくとも、伝次にはそうみえた。

が、雪崩《なだ》れとともに滑りおちてきたのは、浮世之介そのひとだった。

両手を広げ、からだを斜めにして腰を屈め、戸板に乗っているのである。

巧みに平衡を保ちながら急斜面を滑り、灌木のあいだを縫うように抜け、粉雪を舞いあげながら椎の木に迫ってくるのだ。

――ずどん。

火縄の筒音が響いた。

が、浮世之介には当たらない。

「それい」

逆しまに、黒いかたまりが、椎の根元に投げつけられた。

刹那、火薬玉が炸裂《さくれつ》した。

「ぬわっ」

大木が横倒しになり、阿弥陀堂の屋根を潰す。

「うわああ」

吉蔵や手下どもは逃げまどい、混乱をきたした。

気づいてみれば、木に吊されていたおちよは浮世之介の腕に抱かれている。

一方、鉄砲撃ちは阿弥陀堂の軒下に、削掛けよろしくぶらさがっている。股引が引っかかり、宙吊りのまま気絶しているのだが、誰ひとり助けようとする者はいない。

手下どもは態勢を立てなおし、得物を掲げて浮世之介に襲いかかった。

「くわっ」

そのとき、死んだとばかりおもっていた六郎兵衛が息を吹きかえした。

やおら立ちあがるや、前歯を剝き、手下どもの群れに斬りこんでいく。

「お、生きていやがった」

伝次は跳ねとび、風のように駆けだした。

六郎兵衛の走った道筋には、点々と血痕がつづいていく。

だが、縦横無尽な動きから推せば、たいした傷でもなさそうだ。

浮世之介は、無精髭をきれいさっぱり剃《そ》っていた。

どこで誂《あつら》えたのか、網代《あじろ》格子の小袖をぞろりと纏い、両袖に大振りの三枡《みます》紋を象《かたど》った黒羽二重を羽織っている。

一見、きりりとした風貌だが、窶れの色は隠せない。

「無理しやがって」

伝次は感極まり、湊水を何度も啜りあげた。

浮世之介は戸板を掲げ、手下のひとりをぶちのめす。

破れた戸板を捨て、こちらに白い歯をみせて笑った。

「やい、伝次、おちよを頼むぜ」

「合点承知」

おちよは高熱を発し、立っているのも辛そうだった。

「ほら、しっかりしろ」

伝次はおちよを負ぶい、雑木の木陰まで逃げていく。

竹筒から水を呑ませてやると、どうにか、ひと息つくことはできた。

「伝次さん、わたしは大丈夫、あのひとの暴れぶりをしっかりみといて」

「おうし、わかった」

伝次はおちよの頭を膝に抱き、怒声と悲鳴が錯綜《さくそう》する雪上を刮目《かつもく》した。

浮世之介は拾った枝を木刀にみたて、手下どもをつぎつぎに叩きのめしていく。

まるで、水を得た魚のようだ。

一方、六郎兵衛も噂どおりの腕前をみせつけた。

左腕を撃たれたらしく、右手一本で奮闘しているのだが、まともに勝負できる者はひとりもいない。

「ぬきょっ」

六郎兵衛が動くたびに、悲鳴が響いた。

ただし、殺生はしない。

斬りつける寸前で峰に返し、急所に打ちこむのだ。

あれよというまに手下どもは倒れ、残るは吉蔵と喜代治とあきのだけになった。

浮世之介と六郎兵衛は、左右から三人に近づいた。

「待て、兎屋、これまでのことは謝る。な、許してくれ、このとおりだ」

吉蔵は土下座までして、情けない顔で懇願する。

あまりの変貌ぶりに、喜代治とあきのは呆気にとられた。

「狸《たぬき》め」

六郎兵衛は、ぺっと唾を吐いた。

吉蔵は必死だ。

「頼む、兎屋の旦那、おめえさんの仰ることは何だって聞く。このとおりだ、許しちゃくれねえか」

目脂《めやに》の溜まった眸子には、媚びた色が浮かんでいた。

浮世之介は枝を捨て、六郎兵衛のもとへ近づいてゆく。

吉蔵は助かったとおもったのか、ほっと肩の力を抜いた。

「浮世どの、どうする」

六郎兵衛に問われ、浮世之介は顔色も変えずに言った。

「先生、その刀、ちと拝借できやせんか」

「それは構わぬが」

「悪党の血で穢《けが》れても、よろしいですかい」

「やはり、斬るのか」

浮世之介は黙って頷き、刀を受けとった。

「待て……まさか、殺るってのか」

吉蔵は身を起こし、這うように逃げだす。

逃げ道を塞いだのは、喜代治だった。

「てめえ、何すんだ」

「元締め、相手に尻をみせちゃならねえって、教えてくださりやしたよね」

「莫迦野郎、んなことを言ってるときか、どきやがれ」

「元締め、もう逃げられやしませんぜ。悪あがきはおやめになったほうがいい。それに、お嬢さんはどうしやす」

「知るか」

吉蔵が吐きすてると、喜代治は声色を変えた。

「ふん、愛娘は放って、自分だけ助かろうって魂胆かい」

「うるせえ、どかねえと殺っちまうぞ」

吉蔵は、懐中から匕首を引きぬいた。

一瞬早く、喜代治の匕首が光った。

「あっ」

声をあげたのは、あきのだ。

匕首は、肥えた腹に深々と刺さっている。

「う……裏切り者め」

吉蔵は、苦悶《くもん》の顔で呻いた。

喜代治が剔《えぐ》るように刃を引きぬくと、夥《おびただ》しい血が溢れた。

あきのは泣きもせず、ただ、呆然とみつめている。

贅沢《ぜいたく》が親の愛情だと信じ、何の苦労もなく過ごしてきた。

真の愛情を知らず、裏切られても哀しみすら抱くことができない。

あきのは、そんな娘だった。

「不幸だな」

と、六郎兵衛がつぶやいた。

喜代治は匕首を握り、ぶるぶる震えている。

親も同然の吉蔵を刺したのだ。

動揺しないほうがおかしい。

浮世之介は溜息を吐き、六郎兵衛に刀を返した。

「どうやら、使わずに済んだみてえだ」

「浮世どの、本気で斬るつもりだったのか」

「つもりではいた。けど、できたかどうかはわからねえ」

おそらく、できなかったにちがいない。

喜代治の先走りに、救われたような気もする。

「ただね、先生、ひとつだけ確かなことがある。世の中にゃ、死ななきゃならねえやつもいるってことさ」

浮世之介は、苦虫を嚙みつぶしたような顔で吐いた。

喜代治は匕首を捨て、がっくり膝を折る。

その背中に、あきのがそっと覆いかぶさった。

ふたりはいったい、どういう落とし前をつけるのか。

尋ねてみたところで、答えが返ってくるとはおもえない。

浮世之介は振りかえり、おちよと伝次のもとへ向かった。

「親方、ご無事でなにより」

伝次は、無理に笑ってみせる。

「ずいぶん、痛めつけられたみてえで」

「なあに、てえしたことはねえ。それよか、おちよをありがとうよ」

「おいらは何もしてねえ。命を張ったな、親方じゃねえか」

「ふん、まあな」

浮世之介は照れたように笑い、おちよに向きなおる。

「どうでえ、気分は」

「うん、もう平気」

「そいつはよかった」

「おまえさんも、よくぞご無事で……生きててくれて、よかった」

「ああ」

浮世之介はぞんざいに応じ、袖口に手を突っこんだ。

「おめえに土産がある」

「え」

「滝壺のそばでみつけた」

手妻のように差しだされたのは、ひと束の黄色い花だ。

「福寿草ね」

「小せえのが徳松で、隣に咲いてんのがおちよ、おめえさ」

「貰っても、いいの」

「あたりめえだろう」

おちよは福寿草といっしょに、浮世之介の両手を握る。

「おまえさん、ありがとう」

気丈に発した途端、大粒の涙が零《こぼ》れおちた。

雪の別れ

一

如月朔日《きさらぎさくじつ》。
亥刻《いのこく》、横浜野毛浦《のげうら》。
あのお方と別れて、もう九年になる。
産みおとして置き去りにした男の子も、生きていれば十《とお》になっているはずだ。
邂逅《かいこう》できずとも、せめて名を知りたい。
許されぬこととは知りつつも、喩《たと》えようのない未練が、おゆきの心を掻《か》きみだす。
生きているから悩むのだ。そうおもい、幾度となく死を望んだ。
死んで詫《わ》びよう、死ねば罪を償える。などと、都合良く考えたのだ。

でも、死ねなかった。人間はそれほど、簡単に死ねるものではない。

生きながらえ、宿場女郎に堕《お》ち、運が良いのか悪いのか、保土ヶ谷の宿場を取りしきる貸元の情婦《いろ》になった。

貸元の名は惣八、荒船一家を仕切る気性の激しい五十男だ。

高利の金貸しから賭場の開帳、宿場女郎の手配から役人の買収、あげくのはてには抜け荷にいたるまで、おゆきは法度に触れるあらゆる悪事の片棒を担がされてきた。

いつ死んでもかまわないとおもっているので、女だてらに大胆な行動を取ることができる。気づいてみれば、惣八の信頼は誰よりも厚く、手下からも「姐《ねえ》さん、姐さん」と慕われるまでになった。

こんなふうになろうとは、夢にもおもわなかった。

九年前、おゆきは尾張《おわり》藩の剣術指南役をつとめる武士の妻だった。

年は十九、城下随一の美貌を謳《うた》われ、自分でも天狗《てんぐ》になっていた。

人妻であるにもかかわらず、別の男に身をまかせてしまったのだ。

世間知らずで、まわりがみえていなかった。

武家の規範に縛られることが、息苦しいとさえ感じていた。

感じるがままに一線を越え、好きだと信じた相手のもとへ走った。

乳飲み子を捨てる覚悟をきめ、あのお方には何も告げずに家を出た。

ふたりで築いた庭には紅い椿《つばき》が咲き、雀《すずめ》の巣作りもはじまっていた。

降り仕舞いの牡丹《ぼたん》雪が、名残惜しそうに舞っていたのをおぼえている。

なぜ、死をも顧みずに不義をはたらいたのか。

なぜ、すべてを捨てて家を飛びだしたのか。

今でも、あのときの自分が理解できない。

鬼か蛇《じや》が憑《つ》いていたとしか、あるいは、みずから望んで破滅への一歩を踏みだしたとしか、おもえないのだ。

「もう、済んだこと。あの日に帰ることはできない」

おゆきは明け初めぬ野毛浦の断崖に佇《たたず》み、沖に点滅する漁《いさ》り火をみつめた。

今宵も姥島《うばしま》の岩陰が誘うている。

眼下の海面は暗澹《あんたん》として、みるものを吸いよせた。

絶壁には磯馴《そな》れの松がそそりたっている。

浜風に晒《さら》されても、無骨な幹はびくともしない。

あのお方のようだと、おゆきはおもった。

修験者のごとく孤独で友をつくろうとせず、妻となった自分にも心をひらくことはなかった。風雪にじっと耐える磯馴れ松のありようが、あのお方の近寄りがたい立ちすがたとかさなるのだ。

なぜ、心を閉じてしまわれたのか。

人を何人も斬ったからだと、風の便りに聞いたことがあった。

なるほど、あのお方は眼差《まなざ》しの奥に深い哀《かな》しみを湛《たた》えておられた。

哀しい眼差しに惹《ひ》かれ、親に勧められた縁談を受けてしまったのだ。

神に授かった子を無事に産んだときも、あのお方の喜びは伝わってこなかった。

哀しすぎる眼差しに耐えきれず、今にしておもえばどうでもよい相手のもとへ走った。

「もう、済んだこと」

おゆきは断崖に立ち、いつも考える。

ここから飛びおりることで、何かが解決するのだろうか。

そんなふうに、死ぬことの意味を問いはじめたときから、死ねなくなってしまった。

姥島のそばに、唐船の灯火が近づいてきた。

「約定どおり」

抜け荷の品を、受けとりに行かねばなるまい。

おゆきは踵《くびす》をかえしかけ、ふいに身を固めた。

若い女がひとり、浜辺をふらふら歩いている。

向かうさきでは、手下どもが篝火《かがりび》を焚《た》いていた。

みつかればきっと、女は殺されてしまうだろう。

おゆきは裾を捲《まく》り、飛ぶように小径《こみち》を駆けおりた。


女は半裸で痩《や》せこけ、必死に叫んでいた。

「吸わせて……早く吸わせておくれ」

手下ふたりが目敏《めざと》くみつけ、浜辺を駆けてくる。

「売女《ばいた》め、何してやがる」

女は蹴りたおされ、凍《い》てついた砂を食わされた。

浜辺に迫った唐船は海苔《のり》を養殖するひびのあたりで泊まり、荷受け船を待っている。

荷受けに使用する四挺櫓《ちようろ》の押送船《おしおくりぶね》は、すでに浜を離れていた。

こちらからは乾《ほ》し鮑《あわび》や海鼠《なまこ》などの俵物と銀貨が送られ、唐船からは高価な薬種品がどっさり手に入る。近頃では薬種品のなかに阿片《あへん》も多くふくまれ、これが闇の世に莫《ばく》大《だい》な利益をもたらしつつあった。

噂《うわさ》に名高い阿片の効き目を試すべく、宿場女郎が隠密裡《り》にどこかの洞穴に集められ、煙を吸わされているのだ。

　痩せた女も、そうした者のひとりらしい。

　ただ、風体から察するに宿場女郎ではなかった。

　おゆきは浜辺を駆け、手下どもと砂だらけの女のもとに近づいた。

「お待ち、その娘は弁天屋のおはつだよ。堅気の娘じゃないか」

「姐さん、わかっておりやすよ」

「だったら、放しておやり」

「そいつはできねえ。あっしらが叱られちまう」

　手下のひとりが、三白眼で睨《にら》みつける。

「堅気だろうと何だろうと、洞穴から逃げだした女は殺《や》るっきゃねえ。惣八親分に厳しく言われてるこった。姐さんだってご存じでしょう」

「あたしが責めを負うから、安心おし」

「あちらの大星《おおぼし》先生がご存じですぜ。あっしらは先生に命じられ、この女の始末に参じたんでさあ。そこんところはまげられねえ。なにせ、先生は心形刀流《しんぎょうとう》の免許皆伝だ。噂じゃ江戸でも歯の立つ相手はいねえとか。この女を始末しねえと、あっしらが斬られちまうんですよ」

「あたしがはなしをつけてやるよ。抜け荷の差配を任されているのは、あたしなんだからね」

「でも、そいつは阿片が入《へ》えってくるめえのはなしでしょう」

「四の五の抜かさずに、おはつを介抱してやりな」

おゆきは三人を残し、篝火のほうへ近づいていった。

手下どもがさっと身を引いたさきに、ひょろ長い浪人者が立っている。

惣八に高額で雇われた用心棒、大星啓吾《けいご》であった。

「おぬし、どこで油を売っておったのだ」

大星に高飛車な態度で凄《すご》まれ、おゆきはふんと鼻を鳴らす。

「用心棒風情が、小生意気な口を利くんじゃないよ」

「ほほう、威勢が良いな」

「あんたともめる気はない。おはつを見逃しておやり」

「見逃したら、何か良いことでもあるのか、あん」

大星は野卑な笑みを浮かべ、沖に目をむけた。

抜け荷の交換を済ませた押送船が、滑るように戻ってくる。

一方、唐船の艫灯《ともあか》りも揺れながら沖に遠ざかっていくところだ。

「半月後、涅槃会《ねはんえ》にまたやってくる。上物の阿片が三倍の大きさの唐船で運ばれてくるのだ。おぬし、あれを吸ったことは」

「あるわけないだろう」

「煙を吸うだけで、気持ち良くなれるのだぞ。辛《つら》いことも忘れ、幸せな気分に浸れるらしい。吸えば吸うほど癖になり、手放すことができなくなる。とどのつまり、阿片の亡者《もうじゃ》になるしかない。いっときの快楽と引きかえに、死神に魂を売りわたすのさ。ふふ、こいつは商売になる。阿片はわしらに夢をみさせてくれる」

「その毒を、どこに運ぶおつもりだい」

「江戸さ、きまっておろう」

すでに、売りさばく道筋もできている。

おゆきは、ごくっと唾を呑《の》んだ。

江戸で阿片が広まれば、おはつのような娘が大勢出てくる。

それがどれほど罪深いことか、おゆきにはわかっていた。

だが、正面きって抗《あらが》うことはできない。

自分は惣八の情婦なのだ。

悪事の片棒なら、嫌というほど担いできた。

今さら良い子ぶっても遅い。仕方のないはなしだ。

「ともかく、おはつはあたしが預かるからね、あんたの好きにはさせないよ」

「勝手にせい。ただし、おぬしの願いを聞き入れてやるのはいちどだけだ。二度と裏切りは許さぬ。たとい、おぬしが惣八の情婦であろうとな。むふふ」

おゆきの背中に悪寒が走った。

炎に照らされた大星の顔は、生き肝を食らう化け物以外のなにものでもなかった。

二

如月二日は無病息災を祈念し、子どもから大人まで灸《きゅう》を据《す》える。

兎屋でも、番頭の長兵衛が満月先生に灸を据えてもらったところだ。

おちよは膨《ふく》れ面《づら》で炬燵《こたつ》にもぐり、その様子をじっとみつめている。

「両脚三里絶骨に灸すべしと申してな、こうして膝小僧にすえれば、いつまでも健脚でいられる。東海道でも中山道でも、すすいのすいじゃ」

「満月先生は旅にでもお出掛けになるの」

「遠出は駕籠《かご》さ。やはり、駕籠がいちばんじゃ」

「なあんだ、それじゃ灸を据えても意味がない」

「ぬはは」

満月先生は小鼻を震わせて笑い、笑いすぎて涎《よだれ》を垂らす。

この白髪頭も狢仲間《むじな》のひとり、徳松に漢字などを教えてくれるのだが、じつはお偉い御仁で、府中二万石を治める松平播磨守《はりまのかみ》の侍講にほかならない。

が、おちよにとってみれば、身分や肩書きなどはどうでもよいことだ。

「おぬしにも灸をすえてやろうか」

「けっこうですよ。灸をすえていただきたいのは旦那さまのほうです」

「浮世どのがどうかしたのか」

おちよの代わりに、長兵衛が応えた。

「さきほど紙屑買《かみくず》いが訪ねてきましてね、兎屋の親方はこのあたりじゃいちばん金になるお客だなぞと戯《ざ》れ事を抜かす。理由を聞いたら、来るたびに遊女の文を束でまとめて貰《もら》えるのだとか。それを知ったお内儀《かみ》が、ほれ、あのとおりの膨れ面」

「なあるほど、狢亭にもおらぬとおもうたら、花街にしけこんでおったか。ふほほ、あいかわらず、隅に置けぬ御仁じゃのう。なれど、人間変われば変わるものよ。以前の浮世どのとは似ても似つかぬ怠け者になっちまった」

「おや、先生はむかしの親方をご存じなので」

「おっと、口を滑らしちまった。長兵衛、聞かずにおいてくれ」

漏《も》らしてはいけないむかしでもあるのだろうか。

長兵衛は不満げに頷《うなず》いたが、おちよはどうしても聞きたそうだ。

「おちよ、あきらめよ。ほかのことなら何でも応えてやるぞ」

「それじゃ、女の四徳って何のことですか」

「徳、言、巧、容、これらをもって四徳となす」

「何ですか、それは」

「徳は貞淑さ、言は口数の少なさ、巧は裁縫上手、容は見目と心の美しさを示す。儒教の教えじゃ」

「ふうん、わたしとは無縁ね」

「誰かに教わったのか」

「紙屑売りの親爺《おやじ》さんですよ。四徳がないから、男は逃げる。浮気に走る。四徳は亭主を御する手綱のようなものだって」

「一理ある。じゃが、三里の灸にはおよばぬ」

「駄洒落《だじやれ》ですか」

「いいや。おちよはおちよのままでよい。それが言いたかったのさ」

「まあ、先生ったら」

おちよは、ぽっと赤くなる。

しばらくして満月先生は去り、長兵衛も所用で席を外した。

おちよがひとりで留守番をしていると、髭《ひげ》面の浪人者が訪ねてきた。

「ごめん、兎屋の亭主はご在宅か」

ずんぐりとした人の良さそうな男だ。

年は四十前後か。

おちよは小熊を連想し、くすっと笑った。

「そこもとは」

「女房です、兎屋の」

「ほほう、なるほど」

「何を感心しておられるのです」

「お若い女房どののゆえ、羨ましいとおもうてな」

「うふふ、おもしろいお方。今、お茶を差しあげますわ」

「かたじけない。されど、ゆっくりもしておられぬ。小鳥に餌をやらねばならぬでな」

「小鳥に餌を」

「さよう」

「そんなもの、誰かに頼めばよいでしょうに」

「申し訳なくて、ただでは頼めぬ。なにせ、百羽おるからな、餌をやるだけでも四半《しはん》刻《とき》は掛かる」

浪人は内職で観賞用の小鳥を飼育していた。

「妻はおるのだが寝たきりでな、鳥の世話は難儀ゆえ、やらせたくはないのだ」

「そうでしたか」

おちよは板間を膝ですすみ、小首をかしげてみせる。

「それで、ご用は」

「お、そうだ。肝心なことを忘れるところだった。じつは、日本橋から八里九町の東海道保土ヶ谷宿に荒船一家というのがあってな、貸元は惣八どのと申されるのだが、そこにおゆきどのという気性のござっぱりした女将《おかみ》がおられる。わしら夫婦はおゆきどのに並々ならぬご恩を受けたのだ」

半年前のことであった。

尾張から東海道をたどって江戸をめざす途中、権太坂を下ったところで妻女が倒れ、詮方なしに荒船一家の世話になった。

「そのとき、おゆきどのが寝ずの看病をしてくださったのよ」

まわりくどいはなしなので、おちよは少し苛立《いらだ》ってきた。

だいいち、浪人者の名も聞いていない。

「ある夜、おゆきどのはしたたかに酒を呑んでな、おそらく酒の力を借りたかったのであろう、今まで歩んでこられた数奇な運命を語りはじめた。聞けば聞くほど、奇縁をおもわずにはおられなんだ。何とわしらと同郷でな、武家出身のおなごであった。親切にしてもらった手前、お返しに何とか手助けできぬものかと、江戸に腰を落ちつけてからも心を悩ませておったのだ」

「あの、親切な女将さんとうちの親方とのあいだに、いったい、どういう関わりがあると仰《おつしや》るのです」

「そこよ、肝心なところじゃ。もう九年もむかしのはなしゆえ、隠さずにはなしてもよいとおもうが、そなた、ご妻女ならば心して聞くがよい」

「心して、ですか」

「いかにも。じつはな、おゆきどのこそがこちらの親方のご妻女だったお方、ではないかと、わしは考えておる」

「うえっ」

「やはり、驚いたようだな」

というより、わけがわからない。

おちよのあたまは混乱していた。

「憶測の域は出ぬゆえ、驚きすぎても困る」

「いったい、どういうことなのです。そのお方の口から、親方の名が出たのですか」

「名は出た。姓は柳、名は右京之介」

「えっ」

「初耳か」

「はい」

「ふうむ。さすれば、見当違いかもしれぬ」

浪人者はしばし考え、首を横に振る。

おちよは、探るようにみつめた。

「もしや、うちの親方をご存じでいらっしゃるとか」

「柳右京之介さまなら存じておる。というより、尾張藩の家中で知らぬ者はおるまい。それほどの有名人じゃ」

「有名人」

「さよう、尾張柳生家《やぎゅう》のご師範であられた。雲上のお方さ。無論、わしのことなぞご存じあるまい」

「尾張柳生……雲上のお方」

おちよにとってみれば、寝耳に水のはなしだ。

「たまさか、池之端で見掛けたのよ。柳さまと名を呼んだが、振りむいてもらえなんだ。他人のそら似やもしれぬ。なれど、あきらめきれず、こうして素姓を探しあて、訪ねてまいったというわけさ」

「うちの親方がその柳さまなら、どうなさるおつもりです」

「おゆきどのに所在を教えてやりたい。いらぬお節介かもしれぬが、こうでもせねば気持ちがおさまらぬ。無論、邂逅したいかどうかは本人の考えひとつだ。その点は柳さまも同じ、ともかく、お逢《あ》いして直《じか》に質《ただ》したい」

「ご用件は承りました。親方にお伝え申しあげます」

「お願いいたす。ところで、ひとつお聞きしたいのだが」

「何でしょう」

「こちらの親方にお子は……生きておれば十になる男の子はおらぬか」

「おりません」

と、おちよはきっぱり応えた。

おもわず、嘘《うそ》を吐《つ》いてしまったのだ。

「さようか」

浪人者は、がっくり肩を落とす。

おちよは、さすがに気が咎《とが》めた。

が、嘘は吐きとおそうときめた。

「あなたさまのご姓名と、小鳥を飼っておられるおところさきを、お教え願えませんか」

「おう、そうだ。わしの名は吉岡小五郎《よしおかこごろう》、あらためて申すまでもないが、尾張藩の元藩士でな、拠所《よんどころ》ない事情から出奔した。住まいは湯島だ。妻恋町のみれん店《だな》を訪ねてもらえばわかる。そう、お伝え願おう」

「妻恋町のみれん店ですね」

おちよは、渋い顔で繰りかえす。

吉岡と名乗る元尾張藩士は、丁寧にお辞儀をした。

「されば、失礼つかまつる。柳さまに……いや、ご亭主どのに、何卒《なにとぞ》よしなにお伝えくだされ」

「はい」

と、返事はしたものの、このことは浮世之介に伝えまい。

ひとりで保土ヶ谷宿へおもむき、おゆきという女に逢ってみよう。

ともかく、直に事情を質さねばなるまい。自分は兎屋の女房なのだからと、おちよはおもった。

三

それでも、丸三日悩んだすえ、おちよは旅装束に着替えた。

菅笠《すげがさ》に手甲脚絆《きやはん》、杖《つえ》に行李《こうり》に胴巻き、小袖のうえに塵除《ちりよ》けの浴衣を纏《まと》い、しごき帯でからげただけの道中姿、心もとない女のひとり旅だが、十九の厄除《やくよ》けで昨年のはじめ、浮世之介といっしょに詣《まい》ったばかりということもあり、川崎までの道中は何ひとつ心配していなかった。

一日目は六郷川を渡し船で越え、大師詣りで賑《にぎ》わう川崎宿に宿をとった。

翌日は早朝に宿を出て、湊《みなと》のある神奈川宿を昼前には通りすぎた。

そこから保土ヶ谷宿までは一里強、目と鼻のさきである。

宿場は本陣一軒、脇本陣三軒、旅籠《はたご》七十軒近くの威勢を誇り、道中奉行に繋《つな》がる問《とい》屋場《やば》の仕切りは荒船一家がまかされていた。

つまり、貸元の惣八は御用の筋を承っており、宿場のなかで刃向かう勇気のある者はいなかった。

おちよはそれと知らず、問屋場で宿役人の手下に声を掛けた。

「ちょいとものをお尋ねしますが、荒船一家のおゆきさんに逢うには、どちらをお訪ねすればよろしいのでしょう」

「おめえさんは」

「飛脚屋の女房で、おちよと申します」

「江戸からかい」

「はい」

爪先から頭のてっぺんまでじろじろ眺め、手下は薄気味悪く笑ってみせる。

「へへ、おゆき姐さんに逢いてえなら、権太坂を登って峠の茶屋まで行かなくちゃならねえな」

「峠の茶屋においでなさるのですか」

「いいや、茶屋の親爺に連絡《つなぎ》をとらなくちゃならねえのさ。旅のお方はみな、そうしている。なにせ、姐さんはお忙しい身でな。ましてや、どこの馬の骨かもわからねえ相手なら、なおさらだ。おめえさんの素姓をたしかめたうえで、逢うかどうかをおきめなさる」

「ずいぶん、手間が掛かりますね」

「ちなみに、用件は何だい」

「お逢いしてから、おはなしします」

「ほうらな、そういった輩《やから》がいっち怪しいのさ。ともかく、峠の茶屋に行ってみな」

権太坂へは、宿場はずれの棒鼻から、しばらくさきまで足を延ばさねばならない。

一昨年、浮世之介と江ノ島弁天に詣でたとき、いちどだけ越えたことがある。

旅人泣かせの長い登り坂で、苦労した思い出があった。

難儀したのは坂道だけではない。

がらのわるい駕籠かき連中に難癖をつけられた。

そのときは、浮世之介が駕籠の担ぎ棒を操り、ひとりのこらず叩《たた》きのめしてくれた。

江戸に戻ってから、おちよも護身のために杖術《じようじゆつ》の手ほどきを受けたのをおぼえている。

「旦那さまに筋が良いと言われ、有頂天になったんだっけ」

くすっと思い出し笑いをしながら、街道を棒鼻に向かってすすむ。

不安は少しもない。問屋場で聞いたはなしに疑念すら抱いていなかった。

わずかでも疑いがあったら権太坂へは向かわず、見栄えのする旅籠を探していたにちがいない。旅籠は値が張っても見栄えがし賑やかなるを選べと、後生大事に抱えた道中心得にもあった。心得にしたがい、気の利いた手代にでも聞けば、おゆきの所在などすぐに教えてもらえたのだ。

ひとを信じやすい性分が仇《あだ》になろうとは、おちよは想像もしていなかった。

宿場の喧噪《けんそう》を背にしつつ、棒鼻を越えた。

日没まで、ときはまだ充分にある。

空には雪雲が垂れこめ、街道を行く人影もまばらだった。

権太坂に達するころには雪がちらつき、言い知れぬ不安にかられはじめた。

もちろん、無謀なことをしているという認識はあったが、自分ひとりで厄介事を解決したいという欲求につきうごかされていた。

どうして、こんな気持ちになったのだろう。

嫉妬であろうか。

逢ったこともない女に嫉妬を抱いているのか。

それとも、浮世之介の元妻という幻影に脅《おび》えているのか。

よくわからない。

逢ってどうなるというのだろう。

浮世之介の来し方をあばくことに、いったい何の意味があるのか。

今の暮らしを壊したくないから、そっとしておいてくれとでも懇願するのか。

わからない。

ただ、逢ってみたい。おゆきという女に逢わねばならぬという一念だけが、おちよを権太坂まで連れてきた。

「へへ、乗ってけよ」

ふいに声を掛けられ、おちよは転びそうになった。

振りむけば、道端に峠越えの四つ手駕籠が置いてあり、いかにも性悪そうな駕籠かきふたりがにやついている。

「けっこうです」

疳高《かんだか》い声で断ると、厳《いか》つい先棒が寄ってきた。

「へへ、上玉じゃねえか。おめえ、飛脚屋の女房だろう」

「え、どうしてそれを」

「何だって知ってらあ。先回りして、おめえを待っていたんだからな。へへ、峠の茶屋に行っても、よぼの歯抜け爺《じじい》がいるだけさ。おめえ、おゆき姐さんに逢いてえのか」

「はい」

「知りあいか」

「いいえ」

「だったら、おめえがどうなっても、おゆき姐さんの与《あずか》り知らねえはなしってわけだな、げへへ」

先棒は後棒を振りかえり、ふたりで目配せしあう。

「あなたたち、わたしをどうするつもり」

「きまってらあ、手込めにするのさ。ほれ、こっちに来やがれ」

先棒の腕が伸び、強引に袖を引っぱられた。

これを振りはらい、咄嗟《とっさ》に杖で鳩尾《みぞおち》を突く。

「うっぷ」

先棒はその場に蹲《うずくま》り、腹を押さえて苦しがった。

「このあま」

後棒が躍りだし、息杖の先端を突きだしてきた。

おちよはこれを杖で弾《はじ》き、首筋を狙《ねら》って薙《な》ぎはらう。

「えい」

気合いを込めた一撃は、側頭を襲った。

――ばきっ。

杖が折れ、後棒は血を流しながらも踏んばる。

「ぬおっ」

両手を広げ、正面から覆いかぶさってきた。

「へいや」

おちよは相手の襟をつかみ、巴《ともえ》投げの要領で投げとばす。

投げた拍子に、ぷつっと草鞋《わらじ》の緒が切れた。

そこへ、立ちなおった先棒が襲いかかってくる。

「このあま」

丸太のような腕で頬を撲《なぐ》られ、おちよは地べたに転がった。
鼻血がほとばしり、意識は朦朧《もうろう》とする。
「ふん、手こずらせやがって」
先棒に襟をつかまれた。
後棒も近づいてくる。
と、そのとき。
横から別の腕がぬっと伸び、先棒の顎《あご》を撲りつけた。
後棒は身を硬直させ、ぶるぶる震えている。
「せ、先生」
どうやら、屑どもが「先生」と呼ぶ男に救われたらしい。
おちよの瞳に映ったのは、ひょろ長い浪人者だった。
「この女、わしが預かる。公儀の隠密かもしれん」
浪人者はわけのわからぬことを口走り、鋭い眼光で睨《にら》みつける。
おちよは睨みかえす気力もなく、立ちあがる力も出てこない。
駕籠かきどもに担がれ、四つ手駕籠に押しこめられた。
そこまでは、どうにか憶《おぼ》えている。

が、そこからの記憶はない。

川崎大師や江ノ島弁天に詣でた道中の楽しい思い出が、夢のなかに浮かんでは消えた。

「浮世之介」

おちよは譫言《うわごと》で、逢いたいひとの名をつぶやいた。

四

翌々日、如月九日。

昨日は年神の棚を取りはずす事納め、明日は毎年詣でる湯島天満宮の祭礼、行事のたてこむこの時季に、おちよはとんと顔をみせない。

「どうしちまったのかな」

浮世之介は北ノ天神の門前にある藪狸《やぶたぬき》で、暢気《のんき》に蕎麦《そば》をたぐっている。

同じ床几《しょうぎ》で蕎麦をたぐるのは、内職で小鳥を飼う吉岡小五郎であった。

長兵衛から「どうしても逢いたい」との言伝《ことづて》を受け、浮世之介は妻恋町のみれん店までわざわざ足を運んだ。

百羽の小鳥にけたたましく迎えられ、辟易《へきえき》しながらも、浪人暮らしの悲哀を感じずにはいられなかった。とりあえず、はなしだけでも聞こうとおもい、中食《ちゆうじき》までには間があったが、行きつけの蕎麦屋に吉岡を誘ったのだ。

「あらためてお聞きいたすが、そこもと、柳右京之介さまではないと仰る」

「何度聞かれても、返答は同じでやんすよ」

「うりふたつとはこのことだな。いや、口惜しいのう」

「おめえさん、おゆきっておひとを、それほど喜ばしてやりてえのかい」

「ことばに尽くせぬほど世話になった。あれほど情の深いおなごはおらぬ」

「貸元の情婦なら、あくどいこともやってきたはずだ。積もり積もった罪の償いに、おめえさんたち夫婦を助けたのかもしれねえ」

「自分のためだと申すのか」

「そうかもってことさ。他人をあんまり持ちあげねえほうがいい。おめえさんは人が良さそうだが、要領はわるそうだ。言っちゃわるいが、藩を出奔したのも、誰かに塡《は》められたんじゃねえのかい」

吉岡は黙りこみ、空になった丼の底をみつめた。

「情けないはなしだが、ご指摘のとおりだ。塡められたのではなく、組頭《くみがしら》さまの身代わりになった。拙者はしがない勘定方でな、あるとき、公金が五両ほど紛失してしまった。勘定方の誰かが拝借したに相違ないのだが、名乗りでる者はおらず、組頭さまは責めを負って腹を切らねばならなくなった。拙者は見るに見かね、みずから出奔することで、盗人《ぬすっと》の汚名を着ることにした」

それで、組頭の首は繋がったらしい。

「いやなに、組頭さまはじめ、同僚はみなわかってくれておる。拙者が盗《と》ったのではないことはな。それを証拠に、出奔当日、みなで国境《くにざかい》まで見送ってくれた。国に残った親族も罰せられぬよう、上手に取りはからってくれるという。わしら夫婦は安心して、故郷を捨てたのだ」

「たった五両で、禄《ろく》も地位も捨てたってのかい」

お人好《ひとよ》しにもほどがある。禄を失ったせいで妻女の病が悪化したのだとすれば、ずいぶん莫迦《ばか》なことをやったものだ。

「侍というものはな、潔くなければいかん。おぬしら町人にはわかるまい。侍にはな、身を捨てても誰かを救わねばならぬときがある」

身を捨てるには、あまりにお粗末な出来事ではないのか。

ともあれ、吉岡小五郎という人物が、不器用で憎めぬ男であることはわかった。

「自分ひとりなら心も痛まぬ。つまらぬ意地を張りとおしたあげく、野垂れ死にしてもかまわぬ。そうおもっておるのだが、不憫《ふびん》なのは妻《さい》のことよ。おぬしにもわかるであろう。若くて縹緻《きりよう》良しのお内儀が悲しむ顔を、みたくはなかろうからな」

「おや、おめえさん、おちよに逢ったのかい」

浮世之介は意外な顔をつくる。

「聞いておらぬのか。七日ほどまえにも、へっつい河岸の兎屋を訪ねたのだぞ。帳場にお内儀がぽつんと座っておられてな、おぬしに語った事情を告げ、言付けを頼んだのよ。されど、いっこうに音沙汰がない。不安になり、昨夕、ふたたび訪れたのさ」

「そこで、番頭に」

「さよう。しょぼくれた番頭に言付けを頼んだが、今日も音沙汰がなければ参じるつもりであった。なにせ、ほれ、小鳥に餌をやることを除けば、暇を持てあましておる」

浮世之介は、吉岡のはなしを聞いていない。

おちよの心の軌跡を、頭のなかでたどっていた。

「おめえさん、余計なことをしてくれたな」

くぐもった声で言い、眸子《まなこ》を怒らせた。

吉岡はきょとんとした顔でみつめかえす。

「お内儀が、どうかしたのか」

「どうしたもこうしたもねえ。おちよは保土ヶ谷に向かったはずだ」

「ひとりでか」

「そうだよ。ひとりで狼《おおかみ》の群れのなかに踏みこんじまったのさ。この始末、どうつけてくれるね」

吉岡は、がばっと立ちあがった。

「今から向かおう。お内儀はきっと、おゆきどのを訪ねたに相違ない。わしは荒船一家に顔が利く。いっしょに参れば、多少は役に立つやもしれぬ」

「病の奥方はどうするね」

「隣の嬶《かか》ァどのに世話を頼む」

「百羽の小鳥は」

「それが難問だな」

「仕方ねえ。うちの若えもんに面倒をみさせよう」

「そうしてもらえると、ありがたい。されば、さっそく」

ふたりは席を立ち、待ちあわせの時と場所を定めて別れた。

五

暗がりのなかに一本の蠟燭《ろうそく》が揺れていた。

おちよは、畳のうえに寝転がされている。

縛られてもおらず、からだに痛みも感じない。

ただ、どうしようもない息苦しさだけがある。

「気づいたか」

部屋の隅から、重厚な声が聞こえてきた。

はっとして振りむくと、浪人者が身を寄せてきた。

灯りに照らされた顔は、権太坂で目にした痩せ顔だ。

「わしの名は大星啓吾、荒船一家の用心棒だ」

「荒船一家の……それじゃ、おゆきさんのことをご存じなんですね」

「ああ、知っておる」

「逢わせてください」

「逢ってどうする。狙いは何だ」

「狙い」

「公儀の隠密ならば、抜け荷の証拠を手に入れたかろう。ふふ、さしずめ欲しいのは裏帳簿か。そいつを惣八の情婦が隠していると踏み、近づこうとしておるのではないのか。応えられぬところをみると、図星のようだな」

相手は勝手に誤解している。

おちよは機転をはたらかせた。

「わたしが隠密なら、どうなさるの」

「生きては帰すまい。ただし、簡単には死なせぬ」

「どうして」

「おぬしは雑魚にすぎぬからだ。おぬしを囮《おとり》に使い、後ろで操る連中を引きずりだしてやる。ゆえに、当面は生かしておくのだ」

「うふふ、あたしが捕まっても、その連中は助けになんぞこないよ。雑魚は見捨てられる運命なのさ」

「おぬし、見捨てられても平気なのか」

「ええ、覚悟はできておりますから」

「女だてらに潔いな。益々《ますます》、怪しい」

「おゆきさんに逢わせてもらえば、こちらをお訪ねした事情を包み隠さずおはなししますよ」

「逢わせぬと言ったら」

「舌を嚙《か》みます」

間髪《かんはつ》を容れず、おちよは応えた。

大星は眸子を細め、長い指で顎を撫《な》でまわす。

「捕まえてから、だいぶ時も経《た》ったしな。いいだろう、逢わせてやる」

「ほんとうに」

「ああ。ここで待っておれ。逃げようとしても無駄だぞ。部屋の四方は板張りになっておる。外には見張りを付けてあるからな、妙な気を起こさぬほうが身のためだ」

「承知しておりますよ」

蠟燭の炎が風に揺れ、おちよはひとり残された。

部屋は寒々としており、じっとしていると震えがくる。

宿場の喧噪は聞こえてこないので、夜更けなのかもしれない。

あるいは、宿場から離れたところに連れてこられたのだろうか。

大星が去って、半刻ほど経った。

襖《ふすま》が音もなく開き、地味な着物を纏った女があらわれた。

おゆきだ。

想像どおり、綺麗《きれい》なおひとだと、おちよはおもった。

丸火鉢がひとつ持ちこまれ、大星啓吾も少し離れて座る。

「あたしに逢いたいってのは、あんたかい」

おゆきは、寝入りばなを起こされでもしたのか、不機嫌な口調で尋ねた。

「名は」

「おちよと申します」

「何者だい」

「江戸で飛脚屋を営む兎屋の女房です」

「兎屋、知らないねえ」

「江戸ではけっこう名の売れた町飛脚なんですよ」

「そうかい。で、飛脚屋の女房が何だって、あたしのところへ」

「吉岡小五郎という名に、おぼえはございませんか」

「吉岡小五郎……ああ、そのお方なら、ようくおぼえているよ。尾張のお侍だろう」

「じつは先日、吉岡さまが兎屋におみえになったのです」

おちよは、吉岡に告げられた内容を必死に喋《しゃべ》りきった。

おゆきは丸火鉢で手を焙《あぶ》りつつ、聞き耳を立てている。

大星は部屋の隅に蹲り、じっと気配を殺していた。

「うちの旦那さまは、ご自分のことを何ひとつ教えてくれません。でも、わたしには
吉岡さまの仰ることが真実だとおもえてならないのです」

「あんたのご亭主が、あたしと関わりのある相手だって」

「はい。九年前、おかみさんが別れた亭主にまちがいないと」

「ぷっ、ひゃははは」

おゆきは弾けたように笑い、大星のほうを振りむいた。

「聞いたかい。妙なことを言う娘だよ。公儀の密偵《いぬ》が逢いたいっていうから顔を出し
てみたら、とんだ与太話を聞かされたもんだ」

「吉岡小五郎なら、わしも顔と素姓は知っておる。些細《ささい》なことで尾張藩を出奔した変
わり者だったな」

「奥方は胸を患っておられてね、放っておいたら危ないところだった」

と、おちよは横から口を挟む。

「吉岡さまはおゆきさんに、心底から感謝しておられました」

「おかげで、お節介を焼いたってわけかい」

「でも、吉岡さまがいらっしゃらなければ、こうして縁《えにし》は繫がりませんでした」

「縁って、どういうことだい」

きつく糺《ただ》され、おちよは俯《うつむ》いた。

「わたし、吉岡さまに嘘を吐きました。浮世之介に連れ子はないかと問われ、ないと応えてしまったのです。でも、ほんとうはちがいます。徳松っていう十の子があるんです。縁とはそのこと、徳松はいつも、おっかさんのことをおもっています。心底から逢いたがっているんです。わたしにはわかる。徳松の気持ちをおもうと、居ても立ってても居られなくなり、おゆきさんに逢って、ほんとうのことを伝えたいと」

おちよは必死だった。

本来なら、浮世之介や徳松に逢ってくれるな、そっとしておいてほしいと懇願しにきたはずであった。にもかかわらず、自分でもわけのわからないことを口走っている。

「どうか、どうかお願いします。ふたりに逢ってやってください。そっからさきのことなんて、わたしにはわかりません。九年ぶりの邂逅を果たし、別れたときのわだかまりをぜんぶ水に流してほしいんです」

おゆきは口を真一文字に結び、溢《あふ》れそうな感情を抑えている。

あきらかに、動揺の色を隠せていない。はなすことばも忘れ、じっと丸火鉢の底をみつめているのだ。

口をひらいたのは、大星であった。

「ふん、泣かせるはなしではないか。九年前に別れた乳飲み子が、飛脚屋の跡継ぎとなって生きておったか。なるほど、ようできたはなしだ」

「わたしのはなしに嘘偽りはありません」

「子どものことなんざ、どうだっていい。わしが知りたいのは、おぬしが誰の手の者かということさ。町奉行所か、大目付か、それとも、われらの競う相手か。狙いは何だ、わしが代わりに応えてやろう。阿片であろうが」

「阿片」

「ほほう、知らぬふりをするのか。ならば、からだに聞いてみるか」

大星は、のっそり立ちあがる。

「お待ち」

おゆきが鋭く制した。

「ふん」

大星は鼻を鳴らす。

「どうした、そやつの言い分を信じるのか」

「信じやしない。信じたくもないさ。でもね、この娘には聞いてみたいことがある。少しのあいだでいいから、あたしに預けとくれよ。おまえさんには、おはつの件で貸しがあるはずだ。あたしが預からしてくれとあれほど頼んだのに、あの娘を洞穴に戻しちまったじゃないか」

「わしにはどうこうできぬ。きめるのは惣八親分だ」

惣八は明後日の夕刻、箱根の湯治から帰ってくるという。

「それまでは、静観するしかなかろうさ」

どうやら、二日間は命を長らえそうだ。

おちよは、ほっと肩の力を抜いた。

六

保土ヶ谷宿の旅籠に落ちついて二日目、おちよの行方は判然としない。

浮世之介は吉岡小五郎と昼餉《ひるげ》の魚料理をつつきながら、影聞きの伝次がやってくるのを待っている。

「浮世どの、惣八は箱根へ湯治に行っておるようでな、今日の夕刻にならぬと戻ってこぬそうだ。それから、おゆきどのだが、風邪をこじらせて床に臥《ふ》しておるらしい。折悪《あ》しくとはこのことさ。ふたりに逢えぬとなれば、お内儀の行方も聞きだせぬ」

吉岡は慎重に構え、顔を知られていない手下をつかまえて質した。

おちよの口から相手方へ「吉岡小五郎」の名が漏れている公算は大きい。にもかかわらず、身柄を拘束されているとすれば、下手に名乗らぬほうが得策と考えたのだ。

おちよの無事を信じて疑わないのか、浮世之介は平然とうそぶいた。

「こうなったら焦っても仕方ねえ。どんと構えて機を待ちやしょう」

「あんたは偉い。肝の太さは一級品だな」

「なあに、強がりを吐いているだけですよ」

「謙遜いたすな。どうも、おぬしが飛脚屋の主人とはおもえぬ。やはり、柳右京之介どのではないのか」

「またそれを言う。おめえさんもしつこいね」

そうした会話を交わしていると、伝次がひょっこり顔を出した。

「親方、おとりこみちゅうでやしたか」

「おう、伝次か、待ちくたびれたぜ。ほれ、まずは一杯」

「へい、へへ」

伝次は道中着のまま酌を受け、盃《さかずき》を呷《あお》った。

「ぷはあ、美味《うめ》え。旅の酒ってのは格別だな」

「くつろいでくれ」

「へい」

浮世之介は下にも置かぬ様子で、伝次の盃を満たしてやる。

「どうだった。何かわかったかい」

「じつは四日前の夕刻、権太坂の坂下で若え女と駕籠かきがもめているところを薬売りの行商が見掛けておりやしてね。若え女ってのが、お内儀だったんじゃねえかと」

「相手は駕籠かきか。それで、顚末《てんまつ》はどうなった」

「何と、お内儀は杖を操り、駕籠かきどもを打ちすえたとか」

「そいつは、おちよにまちげえねえ。杖術の手ほどきをしてやったことがあったからな」

「ところが、駕籠かきの石頭を叩いた途端、杖がまっぷたつに折れちまった。こりゃもう仕舞えだと、薬売りは目を覆ったそうです。そんとき、どっからともなく、ひょろ長え浪人があらわれ、駕籠かきどもを黙らせちまったんだとか」

「浪人に助けられたのかい」

「そうとも言えねえ。浪人は荒船一家の用心棒、大星啓吾とか抜かす野郎だそうで。腕は立ちやす。心形刀流の免許皆伝、荒船の惣八から月に五両の手当てを貰ってるらしい」

「月に五両か、貰いすぎだな。で、おちよはどうなったい」

「駕籠に押しこめられ、どっかにつれさられやした」

「権太坂は越えたのか」

「いいえ、宿場に逆戻り」

「峠は越えてねえのか。そいつがわかっただけでも、めっけものだな」

「たぶん、お内儀は宿場のどこかにいなさるんじゃねえかと」

「影聞きのおめえがそう言うんなら、たぶん、そうだろうぜ」

「じつは、あっしの考えじゃありやせん」

「おめえじゃねえとすりゃ、いってえ誰だい」

「亀右衛門というお方でやんす」

「誰だって」

「宿場外れにある旅籠のご主人でして。じつは、隣部屋にお呼びしてありやしてね。

ご両人さえよろしけりゃ、お引きあわせいたしやすが」

浮世之介は眉をひそめる。

「断るまでもねえじゃねえか」

「そりゃまあ、そうなんですがね」

伝次は、奥歯にものがはさまったような物言いをする。

「亀右衛門さんから、妙なはなしを聞きやしてね」

「妙なはなし」

「阿片ですよ、親方も吸わされたことがおありでやしょう」

「あったあった。いろは茶屋の元締めのせいで、惚《ほう》け者《もの》にされるところだったな」

「阿片が色街で使われた形跡があるんだそうです」

色街を仕切るのは荒船一家なので、阿片を扱う悪党も一家の連中にまちがいない。

「亀右衛門さんによりゃ、荒船の惣八が直に唐船から仕入れているんだとか」

伝次は、一段と声をひそめた。

惣八に知れたら、命を落としかねない内容だ。

一瞬、吉岡小五郎の目が光ったのを、浮世之介は見逃さなかった。

その理由を探りかねながらも、じっくり頷いてみせる。

「おちよの行方に繋がるなら、どんなことでも聞きてえ。たとい、厄介事に巻きこまれようとな」

「かしこまりやした」

伝次はいったん廊下に出て、隣部屋から窶《やつ》れきった商人を連れてきた。

「親方、こちらが弁天屋のご主人で」

「おう、そうかい」

おたがいに挨拶を交わし、さっそく、はなしを聞く段になった。

「じつは、この半年で宿場女郎が十人も消えました」

亀右衛門はそう切りだし、ぼそぼそ喋りつづけた。

宿場女郎の失踪は、阿片と関わりがあるらしい。

「どういうことだい」

「女たちはひとつところに閉じこめられ、阿片を吸わされている様子で」

「どうして、そうおもう」

「半年ほどまえ、うちの娘も消えてしまったのです」

「何だって」

弁天屋の次女おはつは、派手好みで好奇心の強い娘だった。

秋祭りで知りあった若い衆と相惚《あいぼ》れになり、どうしてもいっしょになりたいと騒いだ。

若い衆は惣八の手下、亀右衛門は猛反対し、ふたりの関わりを断とうとした。おはつは反撥《はんぱつ》して家を飛びだしたが、三日後、みじめな恰好《かっこう》で戻ってきた。

「そのとき、娘が阿片を吸わされていることを知りました」

亀右衛門は娘を守ろうとしたが、数日後、荒船一家の連中に拐《かどわ》かされてしまった。

「惣八親分のもとへも掛けあいにまいりました。ところが、知らぬ存ぜぬを繰りかえすばかりで、埒《らち》が明きません。問屋場の役人も息の掛かった者ばかりなので、訴えでるさきもなく、途方に暮れておりました」

ちょうどそのとき、宿場で人捜しをしている伝次と知りあった。

「聞けば、お内儀の行方を捜しているお方があるとか。手前と同じような境遇と知り、どうしてもお逢いしたくなりまして」

「なあるほど、そういうことかい」

「おはつが拐かされたのは、自業自得かもしれません。わがまま放題に育てたわたしのせいなのです」

「はあ」

浮世之介が気のない返事をすると、吉岡が割りこんできた。

「おぬし、荒船一家が阿片を扱っておるという確たる証しでもつかんだのか」

「証しと言えるかどうかわかりませんが、月に二日、朔《さく》と満月の両日、相模灘《さがみなだ》の沖合いに唐船が来ることは存じております」

「朔と満月」

「はい、この目で何度か確かめました。野毛浦や本牧《ほんもく》沖で、あれは清《しん》国からやってきた抜け荷船にまちがいありません。荒船一家のやつら、俵物と交換に高価な薬種品を仕入れておりました。無論、御法度にござります。宿場の商人なら、たいていは存じております。ところが、誰ひとり口を割る者はいない。やはり、命が惜しいのでしょう」

亀右衛門も、薬種品だけなら沈黙を守っていたにちがいない。だが、近頃になって様子が変わった。抜け荷といっしょに、惣八はとんでもない品を仕入れはじめた。

「阿片です。わたしが調べたかぎり、巷間《こうかん》にはまだ出まわっておらぬようだ」

惣八は阿片を貯《た》めこみ、効力を試している。それが出まわっていない理由だった。効力を試すために宿場女郎を拐かし、ひとつところに集めて煙を吸わせているのだろうと、亀右衛門は憶測してみせる。

ひょっとしたら、おちよも煙の充満する洞穴に閉じこめられているのかもしれない。浮世之介は毒中《どくあたり》になりかけた経験を思いだし、吐き気をおぼえた。

「伝次さんにお聞きしました。兎屋の旦那さまはこれまでも、さまざまな厄介事を解決してこられたのだと。どうか、お願いです。おはつを救ってやってください。このとおりにござります」

亀右衛門は畳に額を擦りつけ、懐中から袱紗《ふくさ》に包んだ金子を取りだした。

「百両ばかり、掻きあつめてまいりました。これで足りなければ、あとでまた掻きあつめてまいります」

浮世之介は渋い顔をつくり、溜息《ためいき》を吐いた。

「そいつは仕舞ってくれ」

「でも」

「いらねえよ」

と、吐いた途端、伝次が残念そうな顔をする。

「金を貰おうが貰うまいが、やることはいっしょだ。どうやら、惣八に逢うしかなさそうだな」

「望むところ」

吉岡も隣で頷いた。

七

荒船一家の根城は宿場の中心、本陣の真正面にある。

惣八は湯あがりのような顔をしていた。

鉢頭は禿《は》げあがり、まさに蛸《たこ》入道だ。

「おれさまに何か用か」

やたらに横柄な惣八と逢えたのは、吉岡のおかげだった。

「おめえさんはたしか、尾張のおひとだったな。患った奥方の具合はどうでえ」

「おかげさまで、どうにか生きながらえておりますよ」

「そうかい。で、今日は江戸の飛脚屋を連れてきたとか」

「さよう。こちらが兎屋のご主人でござる」

浮世之介は紹介され、ぺこりと頭《こうべ》を垂れた。

あいかわらずの団子髷《まげ》に銀簪《ぎんさん》をぐさりと挿し、白地に紅梅を散らした派手な着物を羽織っている。

ほほうと、惣八は嘆息した。

「ずいぶん、かぶいた形《なり》じゃねえか」

「そりゃどうも」

「褒めたんじゃねえ。調子に乗るな」

「お気に障りやしたかい。申し訳ござんせんね」

「まあいい。江戸の飛脚屋が何しにきやがった」

「じつは、女房を捜しておりやしてね。いろいろ探りを入れてみやすと、どうも、こちらにお邪魔しているみてえで」

「どういうことだ」

と、惣八はしらを切る。

浮世之介は大仰に驚いてみせた。

「おや、ご存じない。それなら、大星啓吾とかいう旦那にお聞きいただけやせんかね。他人の女房を掻っさらうんじゃねえと、惣八親分のご威光をちらつかせておひとつ、灸をすえてもらえやせんか」

「あんだと、この野郎」

惣八は片膝を立て、裾を捲《まく》ってみせる。

なかなかの迫力だ。

「おろろ、親分さんを怒らせるつもりなんざ、これっぽっちもありやせんよ。こっちは女房さえ返《け》えしてもらえりゃ、それでいい。もちろん、ただでとは申しやせん。ご迷惑を掛けたぶんはお支払いしやすよ」

浮世之介がにやっと微笑《ほほえ》むと、惣八は脅しをかけてきた。

「十両や二十両じゃ許さねえぜ」

「わかっておりますとも。ささ、ご機嫌をお直しになって」

「よし、大星をここに呼んでやる。他人様《ひとさま》の女房を拐かしたのかどうか、この場で白黒つけてやろうじゃねえか」

「さすがは宿を牛耳る親分さん、筋の通し方をわかっていなさる」

惣八は手を打ち鳴らし、廊下に控えた手下を呼びつけた。

しばらく待たされ、頰の瘦《こ》けたひょろ長い浪人が顔を出す。

「おう、先生、わざわざすまねえな。座ってくんな」

大星啓吾は憮然《ぶぜん》とした面持ちのまま、惣八のかたわらで胡座《あぐら》をかく。

「さあ、呼んでやったぜ。あとはふたりでやってくれ」

惣八に投げ出され、浮世之介は口をひらいた。

「おめえさんが用心棒の旦那だね。こっちの用件はただひとつ、今すぐ女房のおちよを返えしてほしい」

「意味がわからん」

大星は首を振り、惣八を睨みつける。

「親分もご存じのとおり、妙な連中の戯れ事につきあうほど暇な身ではない。退散してもよいかな」

腰を浮かせる大星に向かって、浮世之介は哄笑《こうしょう》を浴びせた。

「ぬひゃひゃ、他人の女房を盗んでおいて逃げだすのけ。嘘を吐きとおすってなら、こっちにも考えがある」

「ほう、この大星啓吾を脅す気か」

「相手が将軍だろうと、閻魔《えんま》大王だろうと、容赦はしねえ。おれはこうとおもったら、仕舞えまでやりきらねえと我慢できねえ性分なんだ。へへ、親分さん、抜け荷の品に阿片を隠していなさるね」

「げっ、な、何を抜かす」

唐突に水を向けられ、惣八は咳きこんだ。

「ほうら、うろたえなすった。そいつが何よりの証しだ。おめえさん、悪事に手を染めてんだろう。へへ、おれも阿片を吸ったことがある。ありゃ死神の贈り物だ。あの煙さえありゃ、どんな相手でも意のままに動かすことができる」

「て、てめえ、自分が何を喋ってんのか、わかってんのか。この惣八は十手《じって》を預かる身なんだぜ。おめえが御禁制の阿片を吸ったことがあんなら、お縄にするっきゃねえ」

「できんのけえ」

浮世之介は豪胆にうそぶき、刃物のような眸子で睨みつける。

根負けしたのは、惣八のほうだった。

「ふん、何が望みだ」

「よくぞ、聞いてくれましたと。おめえさんの手許《てもと》にある阿片を、少しばかり横流ししてくんねえか」

「けっ、そんなこったろうとおもったぜ。てめえ、堅気じゃねえな」

「堅気にしかみえねえ悪党さ。でもな、おめえさんほどの悪《わる》じゃねえ」

「条件は」

「そっちの言い値で買ってやる。ただし、品物の量をきめるのはこっちだ」

「どうやって、おめえを信用すりゃいい」

「前金で三百両、明日にでも届けてやるよ。品物と後金を交換する時と場所はそっちできめな。取引までは女房を預けておく」

「なに」

好条件だ。

惣八は驚きつつ、半笑いの顔をつくる。

「疑ってんのかい。預けるのは女房だぜ、これ以上の質草《しちぐさ》はねえだろう」

浮世之介は小鼻を膨らませ、大星を睨みつけた。

「いいか、野良犬。おちよはでえじな女房だ。少しでも傷つけたら、容赦しねえぞ」

大星は口惜《くちお》しげに表情を強《こわ》ばらせ、じっと黙っている。

どうやら、浮世之介の素姓をはかりかねているようだった。

八

三日後、十四日。

おちよは、暗がりのなかで震えている。

泥のように眠りたいのだが、寒すぎて寝付けない。

腹も空《す》いているのだが、出された食事はのどを通らなかった。

殺されるという恐怖はない。

そうされても構わないと、心のどこかで開きなおっている。

拷問されたら、舌を噛んで死ねばいい。

だが、死ぬまえにもういちど、おゆきとじっくり語りあいたかった。

襖が音もなく開いたのは、壁に凭《もた》れて舟を漕《こ》ぎはじめたときだ。

「ほら、食べ物を持ってきたよ」

声の主はおゆきで、おちよは夢をみている気分だった。

「温かいお粥《かゆ》だよ。紀州の梅干しも付けておいたからね。さあ、お食べ、食べないとからだが暖まらないよ」

「あ、ありがとう」

おゆきは廊下にいったん戻り、手焙《てあぶり》を抱えてきた。

「炭を入れたばかりだけど、すぐに暖まるよ。さあ、お粥を食べさせてあげよう」

匙《さじ》で掬《すく》った粥を口に入れてもらった途端、涙がぐっと込みあげてくる。

「泣きたいんだね。泣くがいいさ。あんたはちっともわるかない。わるいのはぜんぶ、あたしなんだから」

「どうして」

「あんたの言ったことが真実なら、これも運命かもしれない」

「旦那さまのことね。やっぱり、おゆきさんは旦那さまを捨てたのね」

「そう。あたしは九年前、柳右京之介を捨てた。息苦しさから逃れるために、たったそれだけのために別の男のもとへ走った。あのときは、すべてを捨てても悔いはなかった」

「生まれたばかりの子も」

と問われ、おゆきは黙った。

「いいえ、それだけは無理。一日たりとても、後悔しない日はなかった。その子が生きているかもしれないと知り、あんたにすべてをぶちまけようとおもったのさ」

「おゆきさん」

「ごめんなさい、あんたをこんな目にあわせて」

「いいのよ、わたしなんか。それより、旦那さまと逢ってみたら」

「あたしは性悪な女、あのお方に顔向けなんぞできやしない」

「旦那さまもそのころにくらべたら、ずいぶんお変わりになったはずよ。だって、うふふ」

おちよは、浮世之介の風体や暮らしぶりを教えてやった。

「旦那さまは空にぽっかり浮かんだ雲、ふわふわしていてつかみどころがない。でも、暖かい心を持っていなさる。ちょうど、この手焙のようにね」

暖をとったせいか、おちよの顔はほんのり紅潮している。

「きっと、許してくれるはずよ。そうなれば、徳松もおっかさんに邂逅できる。あの子はいつもひとりで空を見上げ、おっかさんってつぶやいているの。わたし、そんなあの子をみるたびに、胸が苦しくなるわ。ね、逢ってやって」

おゆきは、ぐすっと洟水《はなみず》を啜《すす》る。

「やっぱり無理。だって、その子が逢いたいおっかさんとは、あまりにかけはなれているもの。あたしは悪人なの。あんたには想像もできないような、ひどいことをたくさんしてきたのよ。いまさら、どの面さげて捨てた子に逢えっていうの」

「でも、逢いたいんでしょ」

わずかな沈黙があり、おゆきは小娘のようにしゃくりあげた。

「逢いたい。あの子に……逢いたい。でも無理、無理なのよう……うう」

「おゆきさん」

おちよは気丈なふりをし、匙に掬った粥をおゆきの口に持っていった。

「さ、これを食べて落ちついて」

「ありがとう」

おゆきは素直にしたがい、袂《たもと》で涙を拭いた。

「おちよさん、あんたは平気なの。もし、兎屋の旦那があのお方だったら、あなた方の暮らしに波風を立てることになるわ」

「いいの。江戸を発《た》ったときは、どうにか丸くおさめよう、何もなかったことにしてもらおうって、そんなふうにおもっていたけど、旦那さまに隠し事をしているほうが辛いんだって気づいたの。わたしは身を引いてもいい。だってね、わたしなんて糸が切れた凧《たこ》も同然、尻の軽い枇杷葉湯《びわようとう》みたいな女だって、世間様に言われているんだよ。若い色男が近くにいると、そっちに靡《なび》いてしまうんだから。旦那さまも好《い》い加減、愛想が尽きておられるはず。だから、何が起きても驚きもしないし、哀しむこともないわ」

おゆきは、慈愛の籠もった眼差しでみつめかえす。

「強がってはだめ、あんたがどれほど旦那さまに惚れているか、あたしには手に取るようにわかる。だから、お逢いするにしても、おちよさん、あんたの許しがどうしても要るのよ」

「それなら、安心して。白黒をつける意味でも、わたしはおゆきさんに逢ってほしいの」

「あんたがそれほどの覚悟なら、あたしも覚悟をきめなきゃね。どう、お腹《なか》はできた。からだのほうは動く」

「うん、平気よ」

「それなら、ここを抜けだしましょう」

「え」

　おちよは驚いて聞き返す。

　おゆきはにっこり微笑んだ。

「もうすぐ、亥刻になるわ。夜陰に紛れ、権太坂を越えるの」

「権太坂を」

「そう、惣八たちの裏を掻くのよ。まさか、女の足で真夜中に権太坂を越えるとは、おもってもみないでしょうからね」

「でも、そんなことをしたら、裏切りがばれてしまう。命が危うくなるでしょう」

「平気よ。あたしは抜け荷の裏帳簿を握っている。それを隠していくから、まんがいち捕まっても手出しはさせないわ。待ってて、旅支度をしてくるから」

もう、後戻りはできない。

おゆきは決意を固めた顔で、部屋から出ていった。

九

真夜中過ぎ、伝次が旅籠に飛びこんできた。

「親方、てえへんだ」

「おう、どうした」

浮世之介は褥《しとね》に上半身を起こし、眠そうに眸子を擦《こす》る。

「惣八の情婦が、お内儀を連れて逃げたらしい」

「何だって」

応じたのは、かたわらに寝ていた吉岡のほうだ。

ごそごそ起きだし、着物を身に着けはじめる。

浮世之介は胡座を掻き、煙草《タバコ》盆を引きよせた。

「伝次、行き先は」

「わかってねえらしい。手下どもは右往左往しておりやす」

「外は晴れているかい」

「牡丹雪がちらついておりやすよ」

「女の足じゃ、権太坂は越えられねえな」

「まず、無理でやしょうね」

「よし、権太坂だ」

「え」

「誰も考えつかねえ方角へ逃げたにちげえねえ」

「そいつは勘ですかい。外れたら、痛い目をみやすぜ」

「そんときはそんとき、行ってみようじゃねえか」

三人は慌ただしく、旅籠から外へ飛びだした。

と、そこに。

大星啓吾が手下を従え、壁となって待ちかまえていた。

「兎屋、血相変えてどこに行く」

「ふっ、おめえさんのところさ。直談判してえとおもってなあ」

「何を相談する」

「聞いたぜ、情婦がおちよを攫って逃げたってじゃねえか。逃がしたのは、おめえさんのせいだぜ。この寒いなか、凍え死んだらどうしてくれる」

「わしには関わりのないことだ」

「前金は払ったはずだぜ。取引が流れても構わねえのかい」

「わしは最初から乗り気ではない。素姓の知れぬ連中と関われば墓穴を掘る」

「へへ、惣八親分にも、そう進言したのか」

「いいや。親分は金になることなら何だってやる。これまでも危ない橋を何度も渡ってきた」

「そのたびに、おめえさんが尻拭いをさせられたってわけかい」

「どうとでもおもえ」

「で、どうするね」

「草の根を分けてでも、女どもを捜す。おぬしら、妙な動きをしたら容赦せぬぞ。二六時中、見張りを付けておくからな」

四つ辻《つじ》の物陰に、ちらっと目を遣《や》った。

なるほど、手下が隠れている。

浮世之介は鼻で笑った。

「そんなことより、取引の時と場所を早く教えろ。何なら、唐船ごと買いとったっていいんだぜ」

「女たちをみつけるのが先だ。それまでは静かにしておれ」

やがて、大星と手下たちは去った。

浮世之介は低い姿勢で走り、四つ辻に隠れた手下と対峙《たいじ》する。

「ご苦労さん」

「て、てめえ」

手下は震えながら、匕首《あいくち》を引きぬいた。

「ふん」

すかさず、浮世之介は当て身を食わす。

手下は気を失い、壁に沿ってずるずる落ちていった。

「さあ、急ごう」

三人は闇のなかを駆けぬけ、宿場の棒鼻を越えた。

権太坂にたどりつくころには、牡丹雪が網目のように降り、坂道は真っ白い布に覆われてしまった。

「親方、女たちが逃げたな一刻《とき》ほどめえらしい」

「となりゃ、まだ峠を越えちゃいねえかもな」

「どっちにしろ、峠の茶屋で休むにちげえねえ。あすこにゃ、よぼの爺しかいねえし、少しくれえは休んだって罰《ばち》は当たるめえ」

おちよが軟禁されていたとすれば、足腰はかなり弱っているはずだ。

伝次の言うとおり、無事に峠を登りきったとしても、茶屋で休む公算は大きかった。

「親方、おゆきっておひとに逢うんですかい」

伝次は白い息を吐きながら、胸に燻《くすぶ》った問いを口にする。

吉岡から事情を聞き、おゆきこそが浮世之介の妻女だった女にちがいないと確信しているようだった。

「早とちりもいいとこだぜ。おめえもおちよも、とんだ勘違いをしていやがる」

「するってえと、おゆきなんて女にゃおぼえがねえと仰るんで」

「ああ、おぼえがねえな」

その声はどことなく物悲しげで、震えているようにも感じられた。

ひょっとしたら、自分を捨てた女をおもいだしたくねえのかもな。

それならわかると、伝次はおもった。

「さあ、黙って登ろう。おめえの問いにいちいち応えていたんじゃ、息が切れてしょうがねえ」

どっちにしろ、おゆきに逢えばわかることだ。

九年ぶりの邂逅が、浮世之介にどのような変化をもたらすのか。

伝次は期待に胸を膨らませていた。


茶屋にたどりついてみると、懐かしい顔が待っていた。

「おちよ」

浮世之介の声に驚き、おちよは呆気《あっけ》にとられている。

「どうした、おれだよ」

「うん、わかってる」

おちよは弱々しく両手をひろげ、縺《もつ》れた足で駆けてくる。そして、浮世之介の首に両腕を巻きつけた。

「ごめんね、迷惑ばっかり掛けて……ごめんね」

「どうしたい、気丈なおめえらしくもねえぞ」

おちよは感極まり、幼子のように泣きじゃくった。

伝次が貰い泣きしそうになったところへ、腰の曲がった老爺《ろうや》が茶を運んできた。

「さ、熱いのをおひとつ。酒がよけりゃ酒もあるがの。峠の酒はまずくて値も張る。

それでもよけりゃ、出してやるがの」

酒盛りのまえに、確かめねばならぬことがある。

伝次は茶屋のなかを、きょろきょろみまわした。

「おゆきさんはどうした。いっしょに、逃げたんじゃねえのか」

おちよは泣きやみ、浮世之介と伝次に涙目を向ける。

「おゆきさんは行ってしまわれたの。どうしても、やりのこしたことがあるんだって」

せっかく登った権太坂を取ってかえし、宿場のはずれから金沢街道を南にくだったらしい。

「向かうさきは、六浦《むつうら》の瀬戸明神だとか」

「六浦か、保土ヶ谷から四里はあるな。そんなところまで何をしにいったんだろう」

思案顔の浮世之介に、おちよが応じた。

「弁天屋の娘を救ってやるんだって、そんなふうに仰ってたよ」

瀬戸明神の近くに、女たちを閉じこめておく洞穴でもあるにちがいないと、浮世之介は察した。

「おゆきさんも、そんなふうに言ってた。野毛浦から、そちらに移されたんだって」

「そうか」

「やることをやったら戻ってくるから、できるだけ道を稼いでおけって言われたの」

「道を稼ぐって、どこへ行くつもりだ」

「鎌倉の東慶寺」

「駆込寺じゃねえか」

「そう、東慶寺の尼僧に事情をはなせば、匿《かくま》ってくれるはずだからって」

おゆきは東慶寺に駆けこんだ経験があるのだろうか。

しかし、そのあたりにおもいを馳《は》せている暇はない。

おゆきが金沢街道をたどったことは、夜が明ければ敵にも知れる。

「おまえさん、急いで追いかけて」

「おめえはどうする」

「わたしは足手まといになるだけ。ここに置いていって」

「そうはいかねえ。おめえだって顛末が知りてえだろう」

浮世之介は屈《かが》み、おちよに背中を向けた。

「ほれよ、早く負ぶされ。四つ手駕籠よりゃ楽なはずだぜ」

おちよは迷ったすえ、言われたとおりに負ぶさった。

何て幅の広い背中だろうと、あらためておもわずにはいられなかった。

十

雪の降りしきるなか、権太坂を下って棒鼻の手前から金沢街道にはいる。

街道は起伏の激しい丘陵道、弘明寺《ぐみようじ》、笹下《ささげ》と通りすぎ、擲筆松《ふですてまつ》で有名な能見堂にいたる。

能見堂を過ぎてようやく海岸沿いの平地へ出るのだが、そのころにはすっかり日も昇っていた。

おちよはさすがに苦しがったが、負ぶわれたまま音をあげない。

四人はさきを急ぎ、称名寺を過ぎて瀬戸橋を渡った。

潮の干満のたびに急流となる中央には石積みの台場が築かれ、左右に流麗な太鼓橋が架けられている。

橋を渡りきったところで、浮世之介は後ろを振りむいた。

「妙だな、誰かに跟《つ》けられている気がする」

伝次も振りむき、後ろをきょろきょろ見渡す。

このあたりは風光明媚《めいび》な名所、旅人の往来は多い。

だが、怪しげな人影はみあたらなかった。

「おい、急ごう」

先頭を行く吉岡が急《せ》きたてた。

いつもとちがって、気難しい顔つきだ。

こっちも妙だなと、浮世之介はおもった。

が、理由を質している暇はない。

瀬戸明神はすぐそこだ。

この古社は、源頼朝が伊豆の三島明神を勧請《かんじょう》したものという。

境内には巨木が多く、大鳥居の前から反対の海に向かって参道が突きだしている。

参道のさきには水に浸《つ》かって立ち枯れた柏槇《びゃくしん》が佇み、その木陰に「瀬戸の秋月」を愛《め》でる地として知られる弁天堂があった。

四人は門前の茶屋で疲れをとり、おゆきの行方を探ることにした。

街道の仕分けで言えば、保土ヶ谷から瀬戸明神までは金沢道で、ここから鎌倉へ向かう古道は六浦道《むつらみち》と名を変える。金龍院を過ぎ、苔生《こけむ》す難所の朝比奈切通《きりどおし》から鎌倉へいたる道のことだ。六浦は江戸の内海《うちうみ》の入口、縄手には塩浜が延びている。

おゆきの足取りは、塩浜のさきで途切れていた。

何人かの漁師に聞くと、六浦の岩場に洞穴があり、夜な夜な女たちの啜り泣きが潮風に乗って聞こえてくるという。気味悪がって誰も近づこうとしないその場所へ、浮世之介たちは足を向けた。

「女たちはそこにおる」

と、吉岡は言いきった。

「あっしがひとっぱしり、探ってめえりやす」

「頼むぞ、伝次」

影聞きの足跡が砂浜に点々とした。

三人は朽ちかけた船蔵に身を寄せる。

疲れきったおちよは、横になった瞬間に寝息をたてはじめた。

吉岡がおもむろに口をひらく。

「唐船が来るのは、野毛浦や本牧沖だけではない。この六浦沖も抜け荷に使われているのだろう。今日は涅槃会、大きな取引のある日だ。今宵はこの六浦沖に唐船がやってくるにちがいない」

「そんなに、気になるかね」

「ん」

「おめえさんは何者だ」

浮世之介はさらりと言い、にっこり笑いかける。

「おめえさんは旅籠から二度ほど抜けだし、誰かに会いにいった。その相手が、おれたちを跟けてきた怪しい人影にちげえねえ。どうだい、図星だろう。おめえさんの狙いは阿片かい。そろそろ、正体を吐いてくれてもいいんじゃねえのか」

吉岡は鬢《びん》を掻き、ぼそっと吐きすてた。

「わしは船手奉行配下の隠密だ。元尾張藩士というのは真っ赤な嘘でな」

「胸を患った奥方は」

「赤の他人さ。身分を偽るための手管だった」

「どうして、おれたちを巻きぞえにした」

惣八や大星啓吾に怪しまれず、もういちど連中に近づく必要があった。その手管をあれこれ考えていたとき、おゆきに出逢った。九年前に別れた夫がいると聞き、これは使えると直感したのだという。

「すると、おめえさんは、柳右京之介の顔を知らねえのか」

「いいや、十年前、尾張城下に滞在したのは事実だ。尾張柳生のご師範であられた柳さまの面相はおぼえておる。おぬしに、うりふたつさ」

「ふん、そこはまげられねえってわけかい」

「正直、いまだに半信半疑でな。されど、おぬしが誰であろうと、わしにはどうでもよいことだ。おゆきの隠しもっている裏帳簿さえ入手できれば、荒船一家の罪状は動かし難いものとなる」

「惣八どもを捕まえるのかい」

「連絡《つなぎ》の者はこの場所を知った。いずれ、陸と海から捕り方が大挙してやってこよう。今宵、唐船と阿片も押さえてやる」

「事がそう上手《うま》く運ぶとはおもえねえがな」

「心配にはおよばぬ。首尾良く事が運んだら、おぬしには礼をせねばなるまい」

「礼なんぞいらねえ。今ここで土下座して謝れば、おれたちを利用したことは水に流してもいい」

「そいつは勘弁してくれ」

「武士の矜持《きようじ》が邪魔をするってわけか。勘弁ならねえな。が、そのめえに、ひとつ聞きてえことがある」

「何だ」

「みれん店に残してきた百羽の小鳥、どうする気だね」

「あれか」

吉岡はしばし考え、明るく応えた。

「事が成就したら、一羽残らず空に放してやるさ」

「そうしてやるがいい」

「土下座は」

「もういい。今さら何をやっても、時は戻らねえ」

吉岡はにやりと笑い、余計なことを口走る。

「そいつは、おぬしとおゆきどののことを言っているのか」

「下司《げす》の勘ぐりはよしな。おゆきなんておひとは知らねえよ」

「なら、どうしてここに」

「弁天屋の娘を救うためさ。亀右衛門の旦那と約束したじゃねえか」

「律義な男だな」

「事を中途で投げだすのが嫌えなだけさ。ついでに言っちまえば、悪党をのさばらせておくのも夢見がよくねえ」

「惣八を懲らしめてやる気か」

「ああ、そのつもりだよ」

「変わった男よ」

会話が途切れたところへ、伝次が戻ってきた。

「みつけやしたぜ。洞穴のなかから、女たちの啜り泣きが聞こえてめえりやす」

「おゆきどのは」

「たぶん、洞穴のなかに」

洞穴の入口には、屈強な見張りが三人ほどいる。

だが、おゆきの裏切りはまだばれていない。

「見張りを倒して、踏みこみやすか」

「待て」

厳しく発したのは、吉岡だった。

「夜まで待とう。ここで下手に動けば、連中を一網打尽にできぬ」

「え、一網打尽にするんですかい。でも、どうやって」

首をかしげる伝次に向かって、浮世之介はつまらなそうに吐いた。

「こちらの旦那はな、船手奉行のご配下だそうだ」

「うへっ、ひょっとして隠密、おめえさんが」

「済まぬな、嘘を吐いておったのよ」

「でも、惣八たちはもうすぐやってきやすぜ。そうなったら、おゆきさんの身が危ねえ。今なら助けてやれる」

伝次は、吉岡と浮世之介を交互にみやった。

浮世之介は、ふうっと溜息を吐く。

「裏帳簿を握っているかぎり、命まで奪われることはあるめえ。惣八には予定どおり、唐船との取引をさせる。間隙を衝《つ》いておゆきを助け、裏帳簿も手に入れる。伝次よ、吉岡の旦那はそんなふうに一挙両得を狙っていなさるのさ」

「上手くいきやすかね」

「五分五分だろうな」

「親方、どうしやす」

「この際、五分五分に賭けるっきゃねえ」

浮世之介は淡々と漏らし、眠っているおちよの顔をみつめた。

十一

海原が宵闇に閉ざされても、涅槃の雪は降りやむ気配もない。

明日になれば消えてしまう儚《はかな》い運命ではあるが、天の闇から音もなくひらひらと舞いおちてくる。

船蔵からは浜辺の様子が手に取るようにわかった。

荒船一家の連中は日没とともにあらわれ、岩の寄せあう入江のそばに大きな篝火を築きはじめた。

親分の惣八と用心棒の大星があらわれたのは、それから一刻半ほども経ったころだ。

あたりは漆黒の闇と化し、一家の連中を除けば人影はまったくない。

時折、洞穴のあるほうから、女たちの啜り泣きが聞こえてきた。

「くそっ、何をしておるのだ」

吉岡小五郎は浜辺や沖合いをみつめ、焦りを募らせている。

半刻もまえから、今か今かと待っているのだが、捕り方があらわれる気配はなかった。

浜辺にいる荒船一家は惣八以下、一網打尽にしてみせる。

さらに、亥刻が来れば、沖に唐船がやってこよう。

阿片を積載した唐船は船手奉行配下の船団をもって取りかこみ、拿捕《だほ》する腹積もりでいた。

数年掛かりで取りくんだ企てが、今宵ようやく実を結ぶのだ。

吉岡が緊張の色を隠せないのもわかる。

「わしは手柄をたてるために、やっておるのではない。惣八のごとき悪党が心底から許せぬのよ」

正義を語る吉岡は、兎屋を訪ねてきたときとは別人のようだった。

しばらくすると、篝火のそばに長い棒杭《ぼうくい》が二本打たれた。

「何でえ、ありゃ」

伝次が囁《ささや》き、おちよも目を凝らす。

ふたりの女が連れてこられ、立ったまま棒杭に縛られた。

足首まで波に浸かり、みているだけでも凍えてしまいそうだ。

遠目ではっきりしないものの、縛られた女がおゆきとおはつであることは疑いのないことだった。

「むごいことを」

おちよは目に涙を溜《た》め、棒杭に縛られた女たちをみつめた。

やがて、沖合いに光の輪があらわれた。

「来たぞ」

唐船だ。

沖合いに浮かぶ船影は茫洋《ぼうよう》とし、小島のようにみえる。

「でけえな」

と、浮世之介がつぶやいた。

唐船のほうから、龕灯《がんどう》で合図を送ってくる。

これに呼応し、浜からは四挺櫓の押送船が三艘《そう》漕ぎだした。

押送船には、俵物や銀貨の詰まった木箱が満載されている。

それだけでも、拿捕すれば罪に問うことはできるが、吉岡の狙いはあくまでも阿片だった。唐船を拿捕し、抜け荷に携わる仲間を吐かせ、二度と日本の海域を侵さぬように厳罰を与える。見懲《みご》らしのためにも、唐船だけはどうしても逃したくない。

押送船は黒い海原に水脈《みお》を曳き、唐船にぐんぐん近づいていく。

「もう、待てぬ」

吉岡はやおら立ちあがり、小屋から出ていこうとした。

「どこへ行く」

浮世之介が咎《とが》めると、吉岡はぺっと刀の柄《つか》に唾を吐いた。

「捕り方は来ぬ。連絡の者がしくじったにちがいない。こうなれば、斬りこむまで」

「みかけによらず、無謀なおひとだ」

「止めても無駄だ。わしはもうきめた」

吉岡は股立《ももだ》ちを取り、砂浜を駆けてゆく。

浮世之介は仕方なく、のっそり立ちあがった。

小舟を漕ぐ櫂《かい》を拾い、宙でくるっと旋回させる。

伝次が立ちあがった。

「親方、行かれるんですかい」

「ああ、おめえはおちよを頼む」

「合点でさあ」

「おまえさん、気をつけて」

おちよも立ちあがり、燧石《ひうちいし》を取りだして切火を打つ。

浮世之介は幸運の火花に背を押され、悪党の輪に近づいた。

「待てい」

大星に声を掛けられても、吉岡は足を止めない。

「この野郎」

手下ふたりが段平《だんびら》を閃《ひらめ》かせ、斬りかかってくる。

吉岡は抜刀した。

相手ふたりの胴を抜き、一瞬で葬ってみせる。

「おお」

篝火を囲む手下どものあいだに、動揺が広がった。

「斬れ、早く斬っちまえ」

棒杭のそばで、惣八が吼《ほ》えている。

浮世之介は歩調を変えず、背後からのんびり近づいていった。

血飛沫《しぶき》の舞う斬りあいよりも、棒杭に縛られた女のことが気になる。

「ゆき」

そっとつぶやき、女の名を呑みこんだ。

九年前の記憶は封印したのだ。

今さら、取りだす気などない。

ただ、一抹の未練が澱《おり》のように残っている。

時折、それが鎌首を擡《もた》げ、胸苦しくさせるのだ。

ひとは辛い思い出から、容易に逃れられない。

いつか必ず、来し方を清算する日がやってくる。

おそらく、宿命とはそうしたものなのだろう。

予期せぬときにやってきて、何事もなく去ってゆく。

はたして、おゆきという女が自分の知る女なのか、浮世之介は眸子を瞑《つむ》った。

目に浮かんでくるのはしかし、おちよの顔だ。

屈託のないおちよの笑顔だけが、浮かんでは消えてゆく。

「吉岡小五郎、うぬが隠密であることは、わかっておるわ」

大音声を発するのは、大星啓吾であった。

「連絡の者を責め、すべて吐かせたのよ」

ぎりっと、吉岡は歯軋《はぎし》りをする。

だが、あきらめてはいない。

「大星、捕まえた者はひとりか」

「ああ、そうだ」

「ならば、おぬしは抜かった。わしの連絡はふたりおる」

「何だと」

「おそらく、陸か海のどちらかはやってこよう。されど、今でなければ意味はない」

吉岡は血振りを済ませ、青眼に構えた。

大星は本身を八相に掲げ、足を狭く前後に開き、前足の踵《かかと》をつっとあげる。

「心形刀流の鶴足か」

「ふん、ようわかったな」

「わしは柳生新陰流の本流を修めた」

「尾張柳生か」

「いかにも」

「それが真実なら、相手に不足はない」

大星は青眼に構え、からだを開く。

本身と鞘《さや》は一直線に繋がり、長巻きを握っているかのようだ。

「大星、わしに小手先の技は通用せぬぞ」

「どうかな。ぬりゃお……っ」

気合一声、大星が突きかかった。

吉岡は円を描くように受け、巧みに巻きおとす。

「つおっ」

円の中心から、剣先が突きだされた。

「へい」

大星も易々《やすやす》と受けながし、片手抜きに脇差しを抜く。

鋭く弧を描いた脇差しの先端が、吉岡の右小手《こて》をざくっと斬った。

「うぬっ、二刀流か」

さらに、大身《おおみ》の刃が肩口に食いこみ、逆袈裟《けさ》に胸を裂いてみせた。

「ぬぎゃああ」

断末魔の悲鳴をあげ、吉岡は血を吐いた。

浮世之介は、ぎゅっと拳を握りしめる。

妻恋町のみれん店から、百羽の鳥が空に羽ばたいた。

一瞬、そんな情景が脳裏に浮かんだ。

十二

吉岡小五郎は逝《い》った。

あまりに呆気ない死にざまだった。

さすがに手強い相手だったのか、大星啓吾は肩で息をしている。

そこへ、浮世之介が眉ひとつ動かさず、ゆらりとあらわれた。

「何だ、おぬしは」

「約定どおり、荷を受けとりにめえりやした」

「何を今さら、おぬしとて船手奉行の密偵《いぬ》であろうが」

「残念ながら、十手持ちは嫌えでね。そこにいなさる惣八親分も、そういえば十手持ちでしたっけねえ」

惣八がずいと押しだし、屍骸《むくろ》になった吉岡に目をくれる。

「ふん、ざまあみろ。おい、兎屋、つぎはおめえの番だ」

「物騒なおはなしで」

「始末するめえに、ひとつだけ聞いておきてえ」

「おゆきが裏切ったな、おめえのせいか。おゆきは何で、別れた亭主の女房を助けたりなんぞしやがったんだ」

「何でやしょうね」

「あっしに聞いても無駄だよ」

「わからねえか、そうだろうな。てめえみてえな阿呆《あほ》たれに、おゆきの気持ちがわかってたまるかってんだ」

「おめえさんには、わかるのかい」

「ああ、わかる。おれはこいつのことを一から十まで知っている。ふん、そのつもりでいたがな、正直、わからなくなっちまった」

「惚れてんのかい」

「一刻前までは、許してやってもいいとおもっていた。ところが、おゆきはこう言いやがった。ほんとうの自分は九年前に死んだ。荒船の惣八に抱かれているのは魂の抜け殻だ、とな。哀しかったぜ。生涯女房を娶《めと》らねえときめていたが、おゆきだけは別だった。いずれ女房にする気でいたのに、こんちくしょう、おめえみてえな傾奇者《かぶきもの》のせいで、ぜんぶ台無しになっちまった」

「恨み言はそれだけかい」

「ああ、そうだ。おめえを膾《なます》に斬りきざみ、おゆきも同じ目にあわせてやる。ふたり仲良く、魚の餌になりな」

「その台詞《せりふ》はそっくり、てめえに返えしてやるよ」

「大星先生、やっとくんな」

「まかせておけ。ぬりゃお……っ」

大星は二刀を上段に掲げ、鶴足で迫ってくる。

浮世之介は櫂を腰の位置に構え、胸を反らしながら、たたたと走りだす。

そして、櫂の先端を地に突きさすや、はっとばかりに跳躍する。

櫂の撓《たわ》みを利用し、遥《はる》か高みへと羽ばたいた。

「うおっ」

大星は仰《の》けぞり、両刀を天に突きあげる。

届かない。

浮世之介はふわりと地に降りたち、大星の背後をとった。

両手を伸ばして両刀の柄を握り、鍔《つば》に親指を引っかける。

「ぬえっ」

そのまま、大星を仰向けに引きころばし、奪った両刀の柄頭で顔面に当て身を食らわした。

「ひっ」

「二刀柄捕《と》り。たしか、おめえさんの流派にあった技だぜ」

大星は昏倒《こんとう》し、起きあがることもできない。

強敵の隠密を倒した用心棒が苦もなくやられるとは、誰も予想だにしていなかった。

惣八も手下たちも逃げ腰になったが、よくみれば、浮世之介は丸腰だ。

「斬れ、斬れ」

惣八が声をかぎりに叫ぶと、手下どもが闇雲に斬りかかってきた。

浮世之介はさっと浜辺を転がり、ふたたび、櫂《はや》を手に取った。

ぶんと頭上で旋回させるや、目にも留まらぬ捷さで払う、打つ、突くといった技を仕掛けてゆく。

「ぬげっ」

「ほげっ」

頬桁《ほおげた》を砕かれる者、脳天を陥没させる者、あるいは、睾丸《こうがん》を突かれる者などが続出し、浜辺には呻《うめ》き声が充満していった。

そしてついに、相手は惣八ひとりになった。

「こ、この野郎」

惣八はかなわぬと察したのか、波を蹴って棒杭に駆けより、おゆきの首筋に匕首を押しつけた。

「きゃっ」

悲鳴をあげたのは、おゆきではない。

背後の船蔵から、おちよが飛びだしてきた。

「ほう、あんなところに女房を隠していたのけ。兎屋め、下手なまねをしたら、おゆきの喉笛を裂くぜ」

「往生際のわりい野郎だ。あれをみな」

浮世之介は、沖合いを指差した。

唐船と押送船が、御用幟《のぼり》を掲げた鯨船の船団に囲まれている。

「あのとおり、捕り方は海からやってきた。ちいとばかし、遅かったがな。惣八、おめえはもう終わりだ。どうあがいても、地獄行きだぜ」

「どうせなら、こいつを道連れにしてやる」

惣八は腕に力を込めた。

と、そのとき。

おゆきが縛られたまま、けらけらと笑いだした。

「うひひひ、惣八、おまえもとことん莫迦《ばか》だねえ」

「な、何を」

「そいつは誰だい。兎屋とかいったけど、顔もみたことがないよ。あんた方は得手勝手に信じこんでいただけさ。あたしが九年前に捨てた旦那がそいつだって。ふん、とんだ人違いだよ。人違いのせいで、こんなことになっちまった。でも、いいさ。この世に未練はない。さあ、おまえさんに刺されるなら本望だ。ひとおもいに、殺っとくれ」

「おゆき」

惣八の判断が鈍った。

「それ」

浮世之介が腕を振る。

銀色に煌《きら》めくものが闇を裂いた。

つぎの瞬間、惣八の手の甲に銀簪が突きささった。

「ぬえっ」

匕首が波間に転げおちる。

「伝次、急げ」

「へい」

いつのまにか、伝次は棒杭のそばに身を寄せていた。

「どけ、この野郎」

短い脚を振り、惣八の股間を蹴りあげた。

「むぐっ」

惣八は波打ち際で蹲《うずくま》り、苦しげに腹を押さえる。

おゆきの縄が解かれ、弁天屋の娘も解放された。

沖合いには炎が立ちのぼり、悪党どもが必死に応戦している。

だが、もうすぐ、騒ぎもおさまるだろう。

捕り方がやってくれば、洞穴に閉じこめられた女たちも解放されるにちがいない。

おゆきは蒼褪《あおざ》めたおはつの肩を抱き、とぼとぼ海岸縁《べり》を遠ざかってゆく。

おちよが、浮世之介の袖を引っぱった。

「おまえさん、追わなくてもいいの」

「おれにゃ関わりのねえおひとさ」

「ほんとうに」

「ああ、ほんとうだとも」

おちよには、よくわからない。

おゆきが惣八に吐いた台詞は、嘘だったようにおもえてならなかった。

黒い砂浜には、点々と足跡がつづいていく。

満月が顔をみせたというのに、雪はまだちらついていた。

「何だか、淋《さび》しい」

おちよの震える肩に、浮世之介が手をまわす。

「おれたちも江戸に帰《け》えろう。みれん店の小鳥を空に放してやらねえとな」

「そうだね」

百羽の小鳥を放つことが、吉岡小五郎への供養にもなろう。

「まったく、とんだことに関わっちまったぜ」

浮世之介は、静まりかえった海をみながら吐きすてた。

おちよには暗くてよくわからないが、その横顔は泣いているようにもみえた。

人情江戸飛脚
月踊り

坂岡真

ISBN978-4-09-407118-4

どぶ鼠の伝次は余所様《よそさま》の隠し事を探る商売、影聞きで食べている。その伝次、飛脚を商う兎屋の主で、奇妙な髷《まげ》に傾《かぶ》いた着物をまとう粋人の浮世之介にお呼ばれされた。瀟洒《しょうしゃ》な棲家《すみか》狢亭《むじなてい》に上がると、筆と硯《すずり》を扱う老舗大店の隠居・善左衛門が――。倅の嫁おすまに悪い虫がついたらしく、内々に調べてほしいという。「首尾よく間男と縁を切らせたら、手切れ金の一割、千両なら百両を払う」と約束する隠居に、生唾を飲み込む伝次。ところが、思わぬ流れとなり、邪な渦に呑み込まれ……。風変わりで謎の多い浮世之介とともに弱きを救い、悪に鉄槌《てつつい》を下す、痛快無比の第１弾！

小学館文庫
好評既刊

人情江戸飛脚 ひとり長兵衛

坂岡真

ISBN978-4-09-407128-3

人の嫌がる事を探り、飯の種に換える影聞きを商いにする伝次は、川に身投げした女を引き揚げた。女は足袋《たび》屋の内儀おこう。実は伝次、亭主の市兵衛から間男探りを頼まれ、おこうの跡をつけていたのだ。間男は一癖ある伊助。懐妊祈願のお百度を踏んでいたおこうを襲った巨漢を退治してやったのが縁で、深い仲になったという。それが、いつからか金をせびりはじめたらしい。伊助が絵図を描いたのか？　おこうを飛脚商の兎屋へ担ぎ込んだ伝次の前に、主人の浮世之介が飄々《ひょうひょう》と現れて……。洒落《しゃれ》男の浮世之介がお天道様に代わって悪を仕置きする、清風明月の第２弾！

本書のプロフィール

本書は、二〇〇八年十二月に徳間文庫から刊行された『影聞き浮世雲　雪の別れ』を、改題・改稿して文庫化したものです。

小学館文庫

人情江戸飛脚《にんじょうえどびきゃく》 雪《ゆき》の別《わか》れ

著者 坂岡《さかおか》 真《しん》

二〇二二年七月十一日　初版第一刷発行

発行人 石川和男
発行所 株式会社 小学館
〒一〇一-八〇〇一
東京都千代田区一ツ橋二-三-一
電話 編集〇三-三二三〇-五九五九
販売〇三-五二八一-三五五五
印刷所 ――― 中央精版印刷株式会社

ISBN978-4-09-407166-5